KB120276

불량교생의 넌픽션 에세이

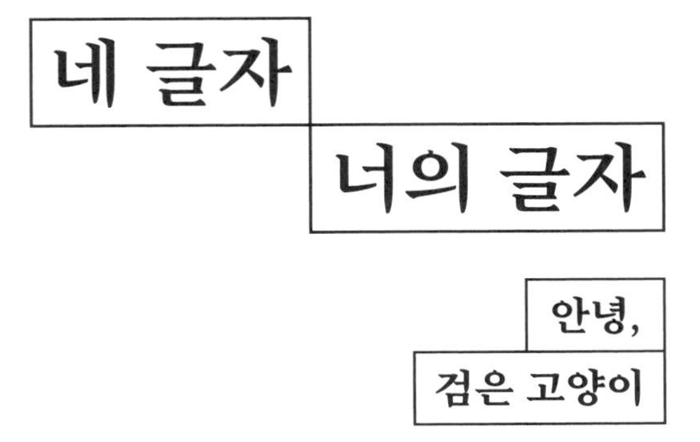

Farewell, My Black Cat

1. 이 에세이의 사자성어 뜻풀이는 불량교생 저, 『사자성어 사행시』 (리북 출판사)
에서 인용했습니다.
2. 사자성어 중 일부 뜻은 불량교생이 재해석을 가미하여 사자성어의 본뜻과
다를 수 있습니다.

저자 소개

불량교생 不良敎生

작가로서 소소한 혁명 Small Revolution의
목소리를 내며 아장아장 작가의 길을 걷고 있는
대한민국의 불량한 교육자.

총각작, 『사자성어 사행시』, 리북 출판사
(2021년 11월 출간)
— 어려운 한자라는 사자성어의
진입 장벽을 대폭 낮추는
소소한 목소리를 냄

차기작, 『아재샘 보카』, 푸른영토(푸른e미디어) 출판사
(2022년 7월 출간)
— 우리말의 언어유희적 접근법으로
영작 서술형 마인드를 구축하자는
소소한 목소리를 냄

감사 인사 하나

불량교생의 고양이 이야기를 세상에 선보일 수 있게
배려와 아량으로 조력해주신 하움 출판사 문현광 대표님과
표지부터 뒷날개까지 아기자기하게 그려내주신 양보람 편집디자이너님께
감사의 인사를 드립니다.
꾸벅

p.s.1 감사 인사 둘

제가 이제야 아장아작 작가의 길을 걷는 사람이라
처음 책들을 낼 때 제대로 예의를 갖추지 못했어서
제대로 인사를 못 드린 분들이 계십니다.
불량교생의 총각작, 『사자성어 사행시』를 출간해주신 리북 출판사의
이재호 대표님과
그다음 차기작 『아재샘 보카』를 출간해주신 푸른영토 푸른e미디어의
김왕기 대표님께도
조금 늦었지만 아울러 당연히 감사의 말씀을 드립니다.
늘 말씀드렸지만 앞으로 더 좋은 책들을 쓰는 것으로써
대표님들의 은혜에 꼭 보답하겠습니다.
감사합니다.
꾸벅

p.s.2 감사 인사 셋

자칭 '교육자'라는 정체성을 지니고 살아가던 불량교생에게

'에세이'란 장르는 예외적으로 한두 권 집필해볼까 하는 영역이었었습니다.

그러나

문보영 시인님의 『일기시대』(민음사)는

그러한 생각을 고쳐먹는 계기가 되었습니다.

나의 모든 이야기를 가장 솔직하게 할 수 있는 장르가 '에세이'라는 생각에

(사실 무어 불량교생의 모든 작품들에 에세이스러운 면이 없지 않습니다만)

앞으로 '에세이'도 불량교생의 주요 집필 영역의 하나로 자리매김할 듯 싶습니다.

그래서

'에세이'라는 영역에 대한 집필욕의 불길을 일으켜주신

문보영 시인님께도 이 자리를 빌어 감사의 인사를 드립니다.

꾸벅

날아라 병아리

sung by N.EX.T

우리 함께한 날은

그리 길게 가지 못했지

어느 밤 얄리는 많이 아파

힘없이 누워만 있었지

……

Good bye 얄리 이젠 아픔 없는 곳에서

하늘을 날고 있을까

Good bye 얄리 너의 조그만 무덤가엔

올해도 꽃은 피는지

……

Good bye 얄리 이젠 아픔 없는 곳에서

하늘을 날고 있을까

Good bye 얄리 언젠가 다음 세상에도

내 친구로 태어나 줘

00

이 에세이는 나 씨 성을 가진 이브란 사람의 이야기다. 나이브 씨는, 남들이 보기에는 결코 자랑할 만한 사항이 아닌데, 자신의 멍청함을 스스로는 매우 뿌듯하게 생각하는 사람이었다. 멍청한 머리라서 생각은 늘 단순하고 또 단순하기만 한 사람이었다. 그렇게 우둔한 사람이 생각이 많아지는 경험을 했고, 이 에세이는 그러한 그의 복잡한 머릿속을 들여다본 내용물이다.

우자천려 愚者千慮

愚 어리석은 **者** 사람이 **千** 1000가지 (어리석은) **慮** 생각을 한다

01

나? 이브라고 해.

여자가 아니고 남자야.

나이는 좀 있고 나잇값은 좀 ......는 사람이야.

내가 정말 터무니없고 어이없는 일을 겪었거든.

그 일과 관련하여 여기 나의 모든 이야기가 있어.

내 얘기 한번 들어볼래?

황당무계 荒唐無稽

荒 황당하고 **唐** 당황스럽고 **無** 없다 **稽** 헤아릴 수 (없다)

기쁨, 분노, 슬픔, 즐거움,

……

사람이 아닌 대상에게 이런 온갖 감정을 느끼는 경험을 했지.

희로애락 喜怒哀樂

喜 기쁘고 **怒** 성내고 **哀** 슬프고 **樂** 즐겁고

내게 있었던 일, 툭 터놓고 다 얘기할게.

허심탄회 虛心坦懷

虛 비운다, 털어 놓는다 **心** 마음을 (비운다), 마음을 (털어 놓는다) **坦** 드러낸다 **懷** 품고 있는 생각을 (드러낸다)

앞으로 사건의 경위를 하나도 빠뜨리지 않고 서술하겠지만

일단 맛보기를 조금 보여줄까?

자초지종 自初至終

自 부터 **初** 처음(부터) **至** 이른다 **終** 끝(까지 이른다)

******

꽤애애애액

꽤애애애애애액

고양이는 괴상한 비명을 질렀다. 이브 씨는 두 손으로 발버둥치는 고양이를 움켜쥐고 있었다.

단말마 斷末魔

斷 끊는다 **末魔** marman(마르만, 산스크리트어에서 소리를 따온 말) 급소를 (끊는다)

꽤애애애액 소리를 내던 고양이가 갑자기 잠잠해졌다. 몸에 힘이 빠져 축 늘어졌다. 숨이 멈춘 것이었다. 두 눈만 동그랗게 뜬 채로 ……. 꽤애애애액의 괴성은 숨이 끊어지는 순간에 고양이가 낸 마지막 유언이었다. 언제 숨이 끊어질지 모를 위태로운 지경은, 그 괴로움은 그리 오랜 시간에 머무르지 않았다.

명재경각 命在頃刻

命 목숨이 **在** (달려) 있다 **頃** 눈 깜빡할 동안의 **刻** 시각에 (달려 있다) — 매우 위태롭다

속된 말로 개죽음을 당한 고양이였다. 고양이 입장에서는 뜻밖의 재난으로 목숨을 잃는 불상사였다.

재수가 없으려니까!

이브 씨는 아니꼬운 듯이 혼잣말을 했다.

비명횡사 非命橫死

非 아니하고 **命** 타고난 자기의 목숨을 다 누리지 (아니하고) **橫** 비정상적으로 **死** 죽음을 맞이한다

******

꽤애애애액

괴상한 비명을 지르며 뒤진

새끼 고양이 얘기야.

바로 이 두 손아귀에서 일어난 일이야.

생사여탈 生死與奪

生 살리고 싶으면 살리고 **死** 죽이고 싶으면 죽이고 **與** 주고 싶으면 주고 **奪** 뺏고 싶으면 빼앗고

병들어 무방비 상태였던

어느 새끼 길고양이를

잔인하게 살해한,

살리려면 충분히 살릴 수 있었을

고양이를 살리지 못한,

어느 못난이의 이야기야.

궁금하지 않아?

생살여탈 生殺與奪

生 살리고 싶으면 살린다 **殺** 죽이고 싶으면 죽인다 **與** 주고 싶으면 준다 **奪** 뺏고 싶으면 빼앗는다

02

이브 씨는 도시인 듯 도시 아닌 듯한 분위기가 물씬 풍기는 ㅂ시의 어느 동네, 외진 곳에서 몇 푼 되지 않는 사글세를 내며 살고 있었다.

누항단표 陋巷簞瓢

陋 더러운 **巷** 거리에서 **簞** (한) 소쿠리의 밥 **瓢** (한) 바가지의 마실 물

혼자인 처지로 ……

혈혈단신 孑孑單身

孑 외롭고 **孑** 외로운 **單** 홑 (홀) **身** 몸

행색은 늘 초라하고 볼품없는 모양으로 ……

폐포파립 敝袍破笠

敝 해진 **袍** 도포와 **破** 깨진 **笠** 삿갓

이브 씨의 초라한 행색은 남들 앞에 떳떳이 설 자신감을 떨어뜨렸고, 남들의 주의나 시선을 기피하는 주요한 원인 중의 하나였다.

애인이목 礙人耳目

礙 꺼림칙하게 생각한다 **人** 남들이 **耳** (자신에 대해) 귀로 듣는다거나 **目** (자신에 대해) 눈으로 보는 것을 (꺼림칙하게 생각한다)

이브 씨는 문을 꾸욱 닫고 집에만 틀어박혀 있곤 했다.

폐호선생 閉戶先生

閉 닫는다 **戶** 집 출입문을 (문을 닫고 나오지 않는) **先生** 선생

이브 씨는 스스로를 낮추어 평가하는 마음이 남달랐는데, 사실 스스로의 기준에 비추어 자신이 해놓은 일에 충분히 만족스럽지 못했기 때문이기도 했다. 이브 씨는 나이는 먹을 대로 먹었지만 이렇다 저렇다 특별히 해놓은 게 없었기 때문에 열등감에 사로잡히곤 했다.

자격지심 自激之心

自 스스로 **激** 부딪혀 흐르며 격렬해지는 **之** 그런 **心** 마음

열등감 …… 이브 씨가 스스로 느끼는 수치심은 열등감에서 비롯될 때가 많았다. 딱히 외모에 자신이 있지도 않아서 외모 지상주의의 사회에서 괜히 부끄러운 마음이 들었고, 딱히 무슨 일에서 성공한 적이 없었기 때문에 성공 숭배주의의 사회에서 괜히 패배자처럼 부끄러운 마음이 들었다.

자괴지심 自愧之心

自 스스로 **愧** 부끄러워하는 **之** 그런 **心** 마음

이브 씨는 그런 속물적 세상이 너무 꼴불견이라 여기면서도, 그러한 꼴불견인 세상에 적응하지 못하는 스스로에 대해 부끄러움도 컸다.

목불인견 目不忍見

目 눈 뜨고 **不** 못하다 **忍** 차마 (못하다) **見** (차마) 보지 (못하다)

이브 씨가 그렇게 때묻은 속세에 염증을 내며 이별을 고했던 까닭은 그러한 세상에 적응하기 힘들어서였다.

염리예토 厭離穢土

厭 싫어하며 **離** 떠난다 **穢** 더러운 **土** (속세) 땅을 (떠난다) — 극락정토를 향하여

이브 씨의 부적응 사례를 하나만 들면, 이브 씨는 지금처럼 글쓰는 생활을 하기 전에 개인 과외로 학생들을 가르치며 생계를 유지했었다. 그때나 지금이나 교육자로서의 정체성은 확고했기 때문에 학생들과 만나서 이루어지는 교육의 과정은 이브 씨에게 너무 값진 것이었지만, 이브 씨는 늘 무언가 허무한 기분에 빠지고 말았다. 학생들과 함께 시험 대비 수업을 했는데 노력한 보람이 없을 때도 허무한 감정에 사로잡히긴 했지만 ……

도로무공 徒勞無功

徒 헛되이, 보람 없이 **勞** 일했네 **無** 없네 **功** 공로의 실적이 (없네)

고3들과 한 수업이 좋은 결실을 맺어 좋은 대학, 원하는 대학에 진학하는 성과를 냈을 때도 이브 씨는 심하게 마음이 허해졌다. 무언가 헛되고, 보람이 있다고 해야 할 상황에 별 보람을 느끼지 못하는 심정이 되었다. 왜 그랬을까?

그 이유는 이브 씨는 다소 낭만적으로 교육의 과정에서 선생님이 학생을 위한 마음으로 학생에게 최선을 다한다는 사실 자체에 큰 의미를 부여하는 사람이었기 때문이다. 사실 이브 씨에게 대학이나 시험 성적 따위의 결과물들은 큰 의미가 없는 것들이었다. 그러나 학생이나 학부모님들은, 온 세상은, 그러한 결과물들을 매우 중요시하는 사람들이었고, 바로 여기서 이브 씨의 이질감과 부적응이 발생했다.

이브 씨에게 과외는, 교육 활동은 이 속물적인 세상에서 그나마 스스로 생각하는 이상적인 삶을 살 수 있는 활로였으나, 그 좁은 활로에서조

차 마주하고 싶지 않은 속물성을 마주할 수밖에 없었기에 이브 씨의 감정은 늘 부정적일 수밖에 없었다.

도로무익 徒勞無益

徒 헛되이, 보람 없이 **勞** 일했네 **無** 없네 **益** 이로울 게 (없네)

그런 부정적인 감정들이 이브 씨의 생애에 결코 긍정적인 역할을 하지 못했음은 분명했지만, 뒤늦게 잘못을 깨닫고 뉘우쳐 봐야 소용없었다. 이브 씨는 그동안 자신을 괴롭힌 그런 부정적인 감정들까지 스스로 포용할 줄 아는 여유를 찾게 되었다. 그리고 그러한 감정들 모두를 지금 자신이 집필할 때 그 원동력으로 삼아 긍정적인 방향으로 승화하려 하고 있었다.

서제막급 噬臍莫及

噬 (붙잡힌 노루가) 씹으려고 하지만 **臍** (자기 배꼽에서 나는 냄새 탓에 잡혔다며 그) 배꼽을 (씹으려고 하지만) **莫** 못한다 **及** (그 배꼽에) 미치지 (못한다), 닿지 (못한다)

이브 씨는 라인 댄스를 추듯 90°씩 방향 전환을 하며 360° 모든 방향을 둘러봐도 친구라곤 눈곱만치도 찾아볼 수 없을 정도로 너무 외로운 상황이었다. 물론 이브 씨도 그 언젠가 까마득한 백만 년 전 즈음에는 친구라는 개념과 친구라는 존재가 있었던 적이 있었다. 그 당시 이브 씨에게 친구란 나의 목숨을 내주어도 아깝지 않을 그런 존재였다. 친구를 위해서라면 목숨도 바칠 수 있다! 그런 고결한 정신의 소유자가 이브 씨였다. 그 생각은 예나 지금이나 변함이 없었다. 다만, 지금은 그런 희생정신이 상대편에게 부담을 줄 수 있겠단 생각에 친구 사귀기를 포기한 이브 씨였다. 사람을 만날 기회 자체가 적다 보니 그 정도로 목숨을 걸 가치가 있는 상대를 못 만난 까닭도 컸다.

사고무친 四顧無親

四 동, 서, 남, 북 — 사방을 **顧** 돌아보아도 **無** 없다 **親** 친한 사람이 (없다)

그러나 이브 씨의 삶이 완전히 암울한 것은 물론 아니었다. 대부분은 물질적 탐욕 없이 맨몸 하나로 만족하며 삶을 즐기는 모습을 보여주곤 했다.

곡굉이침지 曲肱而枕之

曲 굽혀 **肱** 팔을 **而** (그리고) **枕** 베개로 벤다 **之** (그것을, 팔뚝을 베개로 벤다)

가난한 삶 속에서도 마음 편히 삶을 누리는 모양이었다. 가난이 새겨진 얼굴로 가난이 뭔지 모를 마음으로 살고 있었다.

안빈낙도 安貧樂道

安 편안하다 **貧** 가난해도 (편안하다) **樂** 즐겁다 **道** 마땅히 지킬 건 지키는 삶이 (즐겁다)

세속의 그 무엇에도 얽매이지 않고 자기 뜻에 따라 마음대로 사는 모양이었다. 세상과 거의 접촉이 없었기 때문에 이브 씨는 행동에 구애될 게 별로 없었다. 이브 씨의 행동이 다른 사람에게 영향을 끼치거나 할 일이 전혀 없었기 때문이다.

자유분방 自由奔放

自 스스로 **由** 말미암아 **奔** (격식으로부터) 달아나고 **放** (형식으로부터) 석방된다

선한 마음씨를 지닌 이브 씨는 그렇게 가난한 은둔자로 살고 있으면서도, 나중에 이 가난을 벗어나면 다른 가난한 사람들을 위해 무언가를 하고 싶었다. 가난을 가장 잘 이해하는 입장에서 가난한 사람들이 겪는 아픔이 어떤지를 이브 씨는 잘 알고 있었다. 그 아픔의 일부만이라도 덜 수 있는 일이 있다면, 그런 일을 올바로 한다면, 이브 씨에게도 최고의 즐거움이 될 것 같았다.

위선최락 爲善最樂

爲 행하는 것이 **善** 착한 일을 (행하는 것이) **最** 가장 **樂** 즐거운 일이다

겉보기에는 생산적인 일을 하지 않고 밥만 축내는 모양새로 보여도 이렇게 이브 씨의 속마음은 따뜻하고 기특했다.

무위도식 無爲徒食

無 없다 **爲** 하는 일이 (없다) **徒** 단지 헛되이 **食** 밥만 먹을 뿐이다

이브 씨의 단칸방은 풍요로운 우물이었다. 돈도 없고 집도 없고 물질적으로 아무것도 가진 게 없는 이브 씨가 가진 건 꿈뿐이라 정신적으로만 풍요로움을 누리며 살고 있었다. 현실은 비참하지만 늘 긍정적으로 꿈꾸며 해맑게 글을 쓰곤 했다.

좌정관천 坐井觀天

坐 앉아서 **井** 우물 안에 (앉아서) **觀** 본다 **天** 하늘을 (본다)

찌든 세상을 벗어나 마냥 해맑게 노니는 모습이었다.

욕기지락 浴沂之樂

浴 목욕하는 **沂** 기수(물 이름)에서 (목욕하는) **之** 그런 **樂** 즐거움

생활필수품은 늘 최저가를 선택의 기준으로 삼아 고르며, 남들이 누리는 고가의 물질적 생활들은 거들떠도 보지 않으며, 이브 씨는 그렇게 분수에 맞게 살면서 편안하고 만족한 기쁨을 누리고 있었다.

안분지족 安分知足

安 편안하고 **分** 자신의 분수, 처지에서 (편안하고) **知** 안다 **足** 만족하게 여길 줄 (안다)

제대로 갖춰져 있지 못한 채 먹는, 보잘것없는 음식뿐이었어도 이브 씨는 행복했다. 라면 묶음들을 사서 일주일 내내 라면만 끓여 먹는 생활을 해도 이브 씨는 라면은 역시 국물맛이야 ♬♪ 라며 행복해했다.

일즙일채 一汁一菜

一 한 그릇의 **汁** 국 **一** 한 접시의 **菜** 나물

배고픔이 최고의 반찬이었기 때문에 변변찮은 음식도 이브 씨에게는 모두 입맛에 맞는 음식이었다.

열구지물 悅口之物

悅 기쁘게 하는 **口** 입을 (기쁘게 하는) **之** 그런 **物** 먹을거리

때묻지 않음. 조금도 세속적 욕심에 물들지 않음. 이브 씨는 그러한 자신의 모습에 은근한 자부심을 느끼고 살았다. 물론 속세에 사는 인간으로서 이브 씨도 속물근성이 일절 없는 무공해 인간은 물론 아니었지만, '상대적으로' 더러운 탐욕에 물들지 않았다고 스스로 여기고 있었고, 이것은 그 누구도 부정할 수 없는 명백한 사실이었다. 이런 맑고 밝은 정신상태였기 때문에 이브 씨가 현실을 그렇게 거지꼴로 살고 있는지도 몰랐다.

일진불염 一塵不染

一 하나의 **塵** 티끌조차 **不** 아니한다 **染** 물들지 (아니한다)

이브 씨는 그렇게 쪼들리는 경제적 형편에 구속되어 있었기 때문에, 냉정하게 말해서 이브 씨가 누리는 자유는 완전한 자유는 아니었다. 자유롭지 못한 자유였다.

원하지구 轅下之駒

轅 끌채 **下** 아래 **之** (묶여 있는) **駒** 망아지

특히 수년 동안 지출이 수입을 초과하는 마이너스 상황을 겪게 되자 마음이 몹시 괴로운 상황이 되기도 했다. 마음이 말이다. 몸이야 없이 사는데 익숙해 있어서 괜찮았는데 심적으로 스트레스를 좀 많이 받았다. 이브 씨의 철칙이 빚은 절대 지지 말자 란 건데, 하루하루 빚을 지는 생활이 되다 보니 마음이 많이 힘들긴 했다.

적년신고 積年辛苦

積 여러 **年** 해 (동안) **辛** 고생하며 **苦** 괴로워하다

자유를 구속당한 처지 ……

지어농조 池魚籠鳥

池 연못 속의 **魚** 물고기 **籠** 새장 속의 **鳥** 새

그렇게 구속된 처지였기에 이브 씨는 더더욱 자유를 갈망하고 있는 듯도 했다.

역마농금 櫪馬籠禽

櫪 말구유가 있는 마구간에 **馬** 매인 말(처럼 구속된 상태) **籠** 대바구니 새장에 **禽** 갇힌 새(처럼 구속된 상태)

그렇게 없이 살아서 써도 써도 없어지지 않을 만큼 풍부한 돈은 없지만, 이브 씨에게는 (글로) 써도 써도 없어지지 않을 만큼 풍부한 아이디어는 넘쳐났다. 어렸을 때부터 이브 씨는 남다른 생각을 곧잘 하는 편이었고 그만큼 쓸거리가 풍부했다.

용지불갈 用之不竭

用 (아무리) 써도 **之** 그것을 (아무리 써도) **不** 아니한다 **竭** 다하지, 없어지지 (아니한다)

좁은 우물을 벗어나 본 적이 없었기에 이브 씨에게 세상은 경이로운 곳이었다. 사람들과 동떨어져 살다보니 사람들의 세상이 이브 씨에게는 '물음표(?)'와 '느낌표(!)'였다. 세상 돌아가는 모든 것이 미지의 영역이라 궁금증을 야기하는 물음표였고, 사람들의 신기한 재주와 능력을 접할 때면 세상은 감탄사가 절로 나오는 느낌표였다. 이 두 문장 부호는 이브 씨가 글을 쓸 때 늘 소중히 챙기는 준비물이었다.

정중관천 井中觀天

井 우물 **中** 가운데에서 **觀** 본다 **天** 하늘을 (본다)

집에만 틀어박혀 글만 읽고 쓰니 이브 씨는 글밖에 모르고 세상 물정은 모르는 사람이었다. 아니, 세상 물정을 알고 싶지도 않은 사람이었다. (햇볕을 많이 쬐지 않은 까닭인지 이브 씨는 사람들에게 '피부가 희다'는 소릴 가끔 들었다.)

백면서생 白面書生

白 흰 **面** 낯으로 **書** 글만 읽은 **生** 선비

앞을 못 보는 사람들이 코끼리를 만지며 코끼리의 모양을 추측한다는 이야기가 있다. 각각 코끼리의 상아, 귀, 머리, 코, 다리, 등, 배, 꼬리를 만진 사람들이 저마다 코끼리는 이렇게 생겼다며 각각 다른 주장을 한다. 삼태기 모양이다, 돌 모양이다, 절구 모양이다, 밧줄 모양이다 등등 다양한 의견이 쏟아지지만, 총체적 진실을 파악하지 못하는 형국이다. 인간의 편협한 인식 능력의 한계를 잘 드러내는 표현인데 ……

맹인모상 盲人摸象

盲 눈이 먼 **人** 사람이 **摸** 더듬으며 탐색한다 **象** 코끼리를 (더듬으며 탐색한다)

만져도 만져도 실체를 못 보고 엉뚱한 생각만 한다는 이 이야기는 이브 씨와 세상과의 관계를 이해하는 데에도 도움이 된다. 이브 씨에게 세상은 알고 싶어도 알 수 없는 곳이었다. 맞닿아 있지만 알지 못하고 알고 싶지도 않은 곳이었다. 인간의 이기심에 의해 질서가 확립된 그곳은 마음속에 이타심의 비중이 큰 이브 씨에게는 너무 낯선 곳이었다. 만져도

제대로 만질 수 없다. 한마디로 이브 씨는 세상을 만지기에, 세상을 살기에 너무 '서툴렀다.'

군맹무상 群盲撫象

群 여러 무리의 **盲** 소경들이 **撫** 어루만진다 **象** 코끼리를

너무 서툴다, 서툰 사람이다. 이브 씨의 본질을 표현한 말인 듯도 싶다. 이런 이브 씨의 성질을 단적으로 드러내는 장면이 있는데, 그건 바로 이브 씨가 '젓가락질'을 몹시도 못한다는 사실이었다. 젓가락질을 못한다는 얘기는 이브 씨가 하도 많이 들었던 소리라 그다지 새로울 것이 없는 얘기이긴 했지만, 젓가락질과 관련하여 유독 한 장면이 이브 씨의 마음에 못이 박혀 있긴 했다. 그건 그 언젠가 친구라고 부를 만한 후배 남동생이 이브 씨의 젓가락질을 몹시 신기한 듯이 바라보며 매우 웃기단 식으로 — 놀리는 말투가 아니라 매우 진지한 어투여서 더 놀림당한 기분이 드는 식으로 — 논평했을 때였다.

군맹평상 群盲評象

群 여러 무리의 **盲** 소경들이 **評** 평가한다 **象** 코끼리의 모양이 어떻게 생겼는지 (평가한다)

이렇게 손놀림을, 몸놀림을 못하다 보니 이브 씨가 군대 생활을 제대로 했을 리가 없다는 건 너무도 뻔한 내용이다. 국어사전에서 보면 '빠닥빠닥'이란 말이 '물기가 적어 매끄럽지 못하거나 보드랍지 못한 모양'으

로 소개되어 있지만, 이브 씨가 군 생활을 할 때 그 군대에서 '빠닥빠닥' 이란 용어는, 거의 일상어로, "야 너 일 빠닥빠닥 못 해?" 식으로 신속 정확하게 일을 처리하는 모양새를 뜻하는 표현으로 쓰였다. 그 빠닥빠닥을 못했던 사람이 이브 씨였다. 지금 생각해도 서툴디 서툰 이브 씨 때문에 고생을 많이 했던 선임들과 후임들을 생각하면, 이브 씨는 그들에게 심심한 사의를 표하고픈 마음이 들었다.

더 어린 시절, 중학교 때였던가, 이게 손놀림 몸놀림과 통하는지는 사실 잘 모르겠지만 이브 씨가 껌을 씹고 있는데 옆에서 그 모습을 구경하던 반 친구가 "얘 껌 씹는 거 봐라!"하며 악의 없이 빵 터지며 웃었던 기억이 있다. 이 친구도 일부러 놀리려고 그랬다기보다 그냥 웃겨서 웃었을 뿐이겠지만 그런 사소한 사건들, 사소한 기억들 하나하나가 쌓였던 까닭인지, 나름 섬세한 성격의 소유자인 이브 씨는 그런 구경거리가 되고 싶지 않았던지 어느 순간 자신의 우물로 조용히 숨어 들어가 버리고 말았다.

불문가지 不問可知

不 아니하여도 **問** 물어보지 (아니하여도) **可** ~할 수 있다 **知** 알 (수 있다)

아무도 찾지 않는 혼자만의 굴에서, 우물에서 몸이 찌뿌둥할 때 이브 씨는 손과 발을 허우적대며 몸부림을 치곤 했다. 평생 유일한 취미가 춤이었던 까닭에 좁은 방구석에서 거의 제자리에서 춤인지 스트레칭인지 모를 동작을 어쩌다 한 번씩 하곤 했다. 마음은 BTS인데 마음만 BTS라서 몸 따로 마음 따로인 몸놀이를 혼자 하곤 했다.

정중지와 井中之蛙

井 우물 **中** 가운데 (안) **之** 의 **蛙** 개구리

(달리 의존할 데 없이 서로 붙어 있을 수밖에 없는) 몸체와 그림자가 서로를 불쌍히 여길 정도로 이브 씨는 달리 의존할 데 없이 외로운 모양이었다. 그래서(?) 방구석에서 몸놀이인 춤놀이를 혼자 할 적에 그림자 놀이도 하곤 했다. 이른바 이 그림자 댄스에는 그림자처럼 어떤 동작을 따라한다는 의미도 있고, 그림자가 되어 누군가 곁에 바싹 붙어 춤추는 상상을 하는 의미도 있었다.

형영상조 形影相弔

形 몸체와 **影** 그림자가 **相** 서로를 **弔** 조상한다, 불쌍히 여긴다

몸이 약해서 애당초 활동적인 체질은 되지 못했던 이브 씨에게 그런 작은 몸짓은 일종의 신세계 탐구였다. 요즈음에는 가볍고 따뜻한 옷들이 많이 나오지만, 예전에는 추운 겨울에 무게가 많이 나가는 겨울옷을 입으면 이브 씨는 자기가 입은 옷의 무게를 감당하지 못할 때도 있었다. 그런 무거운 옷을 입고 다니는 것 자체가 이브 씨에게는 중노동이었다. 다소 해학적 표현이기는 하지만 이브 씨는 그 정도로 허약한 몸이었고, 춤은 그런 이브 씨가 하는 유일한 체육 활동이었다.

여불승의 如不勝衣

如 같다 **不** 못하는 것 (같다) **勝** 이겨내지 (못하는 것 같다) **衣** (몸이 약하여) 옷의 무게를 (이겨내지 못하는 것 같다)

창밖으로 낮에는 파란 하늘과 구름, 밤에는 가끔 달을 볼 수 있을 뿐인 자신의 우물 안에 사는 이브 씨에겐 TV나 인터넷에서 보이고 들리는 세상 이야기들은 그저 다른 세계였다. 뭔가 있는 사람들, 있으신 분들이 화면에 나올 때면 뭣도 없는 이브 씨에겐 이질감이 밀려오곤 했다.

정중시성 井中視星

井 우물 **中** 가운데에서 **視** 본다 **星** (별로 보이지도 않는) 별을 (본다)

그러나 한없이 선량하고 이쁜 마음씨를 지닌 이브 씨는 화면에 나오는 사람들, 잘 사는 분들의 조금 못 살았던 이야기를 들으면서 한없이 그 사람들이 잘 되기를, 어려움을 극복하기를 진심으로 응원하곤 했다. 객관적으로 봤을 때는 남을 동정할 처지에 있지 않은 사람이 남을 딱하게 여기며 동정하는 모양새라서 그 모양새가 딱하게 보일 수도 있는 형국이었다.

걸인연천 乞人憐天

乞 빌어먹는 (신세의) **人** 사람이 **憐** 불쌍히 여긴다 **天** 임금을, 제왕을

자기 코가 석 자인 상황에서, 자신의 일만으로도 곤란하고 어쩔 줄 모르는 상황에서, 남의 일에 관여할 여유를 — 그럴 여유가 없을 텐데 — 부리는 형국이었다.

오비삼척 吾鼻三尺

吾 내 **鼻** 코가 **三** 석 **尺** 자 (≒ 90 센티미터)

어찌 되었든 이브 씨에게 TV에 나오는 온갖 좋은 것들은 마음이 끌려 입맛만 다실 뿐 실제로 어찌할 수 없는 욕망의 대상에 불과했다.

화중지병 畵中之餠

畵 그림 **中** 속 한가운데 **之** 에 있는 **餠** 떡

그렇게 이브 씨는 조용히 자신의 우물 속에서 개굴개굴 울고 있었고, 가까운 도서관이나 공원 나들이하는 것이 거의 유일한 세상과의 접촉이었다.

정저지와 井底之蛙

井 우물 **底** 밑 **之** 의 **蛙** 개구리

03

이브 씨가 그 새끼 길고양이를 만난 건 그렇게 동네 길을 걷곤 할 때였다. (이 새끼 고양이가 어떻게 생겼냐면 유명한 온라인 영영사전에서 'cat' 단어를 검색하면 'cat' 단어 화면에 검은 고양이 사진이 뜨는데 딱 이 고양이랑 똑같이 생겼다.) 이브 씨가 늘 다니던 길에 작은 동네 공원과 초등학교 사이에 낀 길이 있는데 길옆 풀숲에서 다른 새끼 고양이들과 함께 노닐고 있었다. 새끼 고양이들은 여기저기 뛰어다니며 매우 바쁜 모양새였다.

동분서주 東奔西走

東 동녘으로 **奔** 달리다가 **西** 서녘으로 **走** 달리다가

어린 생명체들은 그 자체로 사랑스러움이었다. 사람들 누구나 그런 감정을 절로 갖게 된다. 이브 씨도 예외는 아니었다. 그림도 귀여운 그림을 좋아하는 이브 씨라서 그의 눈에 어린 생명체들은 너무도 귀여운 존재들이었다.

인지상정 人之常情

人 사람들 **之** 의 **常** 흔한 **情** 감정

행복은 아주 가까운 곳에, 일상의 작은 일 하나하나에 있는 법이다. 길을 걷다 그렇게 고양이를 만나는 일은 이브 씨의 일상에 소소한 행복이었다. 특히 이브 씨가 근처의 나뭇가지를 주워 고양이 앞에 대고 나뭇가지를 좌로 우로 왔다 갔다 돌리면, 그 나뭇가지를 따라 그 검은 새끼 고양이가 고개를 왼쪽 오른쪽 왼쪽 오른쪽 …… 으로 따라 돌리고 돌리고 돌렸는데, 그 모습이 너무 귀여웠다! 너무 귀여운 그 모습을 보는 이브 씨의 얼굴에는 늘 웃음꽃이 절로 피곤 했다. 그 검은 새끼 고양이를 만날 때면 이브 씨는 그렇게 놀곤 했다. (물론 이 어린 고양이가 그렇게 눈을 왔다리 갔다리 한 건 이 나뭇가지를 표적으로 생각했기 때문이었다. 그래서 귀여운 발을 들어 먹잇감을 채가려는 발짓을, 허공을 할퀴는 발동작을, 늘 병행하곤 했다.)

복생어미 福生於微

福 복은 **生** 나온다 **於** 으로부터 **微** 작은 것(으로부터)

세상일은 무탈한 날만 계속되지는 않는다고 하더니, 옛말 틀린 말이 하나도 없다더니, 어린 생명력을 뽐내며 활기차게 깡충깡충 뛰어다니는 이 새끼 고양이에게 그런 큰일이 닥칠 줄은 당시에 이브 씨는 꿈에도 생각할 수 없었다.

천무삼일청 天無三日晴

天 하늘은 **無** 없다 **三日** 3일 (연속으로) **晴** 개어 있는 날은 (없다)

04

이브 씨의 인생에 고양이가 끼어든 건 상대적으로 최근의 일이었다. 이브 씨의 성장 과정에서 고양이란 존재하지 않는 존재였다. 아주 우연한 계기로 고양이랑 친해지게 되었고 그 이후 고양이는 이브 씨의 관심 대상이 되었다.

그것은 몇 해 전의 일이었다. 어떤 검은색과 흰색으로 얼룩덜룩한 길고양이가 있었다. 그 길고양이는 이브 씨가 외로울 때 찾아와 주는 반가운 손님이었다.

공곡족음 空谷足音

空 (사람이 없어) 빈 **谷** 골짜기에 **足** (손님의) 발 **音** 소리가 (들린다)

길고양이가 갑자기 이브 씨에게 다가와 친구 하자고 제안한 것은 물론 아니었다. 마땅한 원인이 없이 결과가 발생하지는 않는 법. 길고양이와 이브 씨와의 우정은 이브 씨가 그러한 우정을 나눌 만한 '피나는' — 비유적 의미에서도 그랬고, 직설적 의미에서도 그랬다. — 노력을 했기 때문이었다.

석상불생오곡 石上不生五穀

石 돌 **上** 위에서는 **不** 못한다 **生** 나오지 (못한다) **五** 다섯 가지, 온갖 **穀** 곡식이 (나오지 못한다)

이 고양이랑 친해지는 과정이 순탄했던 건 아니었다. (응, 아니지. 아니고 말고.) 피나는 노력이었다. 이브 씨가 정성껏 노력한 결실이었다. 이 고양이와 친해지기 위해 이브 씨가 마련한 준비물이 있었는데 그것은 바로:

목장갑! (그리고) 나뭇가지!

…… 응? 무슨 소리냐고? 들고양이들이 원래 그렇듯 이 고양이도 사람을 보면 사람을 피해 근처 작은 수풀로 뛰어들어가 숨곤 했다. 고양이는 그렇게 숨어서 그 안에서 귀를 쫑긋하고 눈을 부리부리하게 뜨고 경계하며 빼꼼히 바깥을 주시하곤 했는데, 처음에 이브 씨는 겁없이 순진하게 그 고양이에게 손을 내밀었다가 고양이의 날카로운 발톱 맛을 단단히 보았다. 한마디로 피를 본 것이다.

깨달음을 얻은 이브 씨가 준비한 건 근처에서 굴러다니던 나뭇가지였다. 나뭇가지를 고양이에게 갖다 대어 정수리 부분인 머리와 등인 몸을 쓰다듬어주듯이 긁어주었더니 고양이가 실눈을 뜨고 좋아하는 표정을 짓는 게 눈에 보였다. 그렇게 나뭇가지를 도구로 활용한 접촉에 성공한 이브 씨는 좀 더 대담하게 손을 내밀기로 했다. 그러나 앞서 피를 본 경험이 있던 터라 조심스럽게 목장갑을 끼고 도전을 했으나 목장갑 한두 개로는 고양이의 날카로운 발톱을 피하기에는 역부족이었다.

목장갑을 낀 채로 또 피를 본 이브 씨, 또 하나의 깨달음을 얻고 목장갑을 한 손에 네 개씩 꾸역꾸역 끼고 재도전을 했다. 고양이는 여전히 발톱을 세우고 들이대는 이브 씨의 손을 공격했으나, 목장갑 네 개의 방어

막은 뚫기는 역부족이었다. 목장갑 작전은 성공적이어서 이브 씨가 더 이상 피를 보는 일은 없었다. (만세! ♬♬) 그리고 드디어(!) 네 개의 목장갑을 낀 손으로 고양이를 (난생처음) 쓰다듬는 데 성공한 이브 씨 …….(만세! ♬♬) 고양이와의 첫 스킨십은 그렇게 어렵게 어렵게 겨우 이루어졌다. (만만세! ♬♬)

들고양이와의 인연은 그렇게 시작되었다. 그렇게 상처받으며 친해지는 과정을 겪었다.

지성감천 至誠感天

至 지극하게 하여 **誠** 정성을 (지극하게 하여) **感** 감동시킨다 **天** 하늘을 (감동시킨다)

나의 소리를 듣고 ……

지음 知音

知 알아주는 **音** 소리를 (알아주는 벗)

나인 줄 알고 나에게 뛰어온, 날 알아주던 벗 ……

그 고양이는 은둔자였던 이브 씨의 유일한 친구였다. 드디어 그 고양이랑 정말 친해졌을 때 항상 비슷한 시간대에 그 고양이를 보러 나가면 멀리서 이브 씨를 보고 쪼르르 달려와서 길바닥에 철퍼덕(!) 발라당(!) 누워버렸던 '친구'였다.

(아, 그 '발라당'의 감동이란 정말 ......)

지기지우 知己之友

知 알아주는 **己** 자기를 (알아주는) **之** 그런 **友** 벗, 친구

고요히 홀로 지내던 이브 씨에게 누군가 멀리서 자기를 찾아 열심히 뛰어오는 모습은 그야말로 감동 그 자체였다.

공곡공음 空谷跫音

空 (사람이 없어) 빈 **谷** 골짜기에 **跫** 발자국 소리가, **音** (반가운 손님의) 소리가 (들린다)

먼길을 마다하지 않고 날 보고 찾아오는 고양이의 모습이란,
그 감동이란 정말 ......

불원천리 不遠千里

不 아니하다 **遠** 멀다고 (생각하지 아니하다) **千** 천 **里** 리 ≒ 400 킬로미터를 (멀다고 생각하지 아니하다)

그러면 이브 씨는 그 친구를 쓰담쓰담 해주곤 했다. 근래에 '친구'라는 말이 어느 순간 낯설어진 이브 씨가 거의 유일하게 사귀었던 친구가 있었던 적이었다. 고양이를 아주 아끼고 소중히 여기는 모양이었다.

애지중지 愛之重之

愛 사랑하고 **之** 그를, 그것을 (사랑하고) **重** 소중히 여기고 **之** 그를, 그것을 (소중히 여기고)

그렇게 발라당 누운 고양이와 쪼그려 앉아 그 고양이를 쓰담쓰담하는 이브 씨. 그 손길 떼어내지 말아 줘 라고 말하는 듯한 고양이의 눈빛. 둘의 사귐은 그렇게 가까이 이루어졌다.

교칠지교 膠漆之交

膠 아교풀(로 붙인 것처럼) **漆** 옻칠(해서 벗길 수 없는 것처럼) **之** (뗄 수 없는) **交** 사귐

고양이는 무슨 생각을 했을까?

혹시 날 기다렸을까?

내가 늦게 나와서 마음에 차지 않거나 언짢고 섭섭했을까?

날 못 보는 시간이 즐겁지 않은 시간이었을까?

이브 씨는 엉뚱한 상상의 물음표를 꼬리에 꼬리를 물고 이어보기도 했다.

앙앙불락 怏怏不樂

怏 원망스럽고 **怏** 불만스럽고 **不** 아니하고 **樂** 즐겁지 (아니하고)

널 만나는 시간은 하늘을 나는 듯한 기분 좋은 시간이야.

우화등선 羽化登仙

羽 날개깃이 **化** 생겨 **登** (날아) 오른다 **仙** 신선이 된다

그러한 즐거움의 절정 속에서 슬픔이 아울러 나오는 까닭은 무엇일까?

이 역설은 무엇일까?

네가 내게 아무런 의미가 없는 고양이였다면 정말 아무 상관도 하지 않을 터이지만

내게 이토록 즐거움을 주는 존재이기에

난 네가 걱정이 돼.

네가 이 겨울 추위에 얼마나 떨고 있을지 ......

혹시 어디 아픈 덴 없는지 ......

낙극애생 樂極哀生

樂 즐거움이 **極** 지극하면 **哀** 슬픔이 **生** 나온다

이브 씨는 옛 친구가 되어버린 그 고양이와의 과거를 생각하면 기뻐하다가도 더는 못 보는 사이가 되어버린 현실을 생각하면 슬퍼하다 하는 그런 모양이었다.

일희일비 一喜一悲

一 한 번 **喜** 기쁘고 **一** 한 번 **悲** 슬프고

즐거움의 끝에 슬픔이 도래한다더니
늘 너와 즐겁기만을 바랄 수 없는 것이었던가.

흥진비래 興盡悲來

興 흥겨움이 **盡** 다하면 **悲** 슬픔이 **來** 온다

오직 하나뿐이던 내 친구야……

유일무이 唯一無二

唯 오직 **一** 딱 하나 **無** 없고 **二** 둘도 (없고) 딱 하나뿐

05

어쩌면 이브 씨가 길고양이들에게 눈길이 간 건 같은 처지에 있다는 동질감 때문이었는지도 모른다. 맨몸으로 집도 없이 밤낮으로 찬 공기를 맞고 사는 고양이들이 자기랑 꼭 같은 신세 같아서 이해도 되면서 절로 동정심이 들기도 했다.

동병상련 同病相憐

同 같은 **病** 병의 아픔을 **相** 서로 **憐** 딱하게 여긴다

일정하게 머물 처소도 없이 떠돌아다니며 가끔 길 가던 행인에게 음식 따위를 거저 얻어먹는 꼴이 이브 씨에겐 왠지 남 같지 않았다.

유리개걸 流離丐乞

流 흘러 흘러 **離** 떠돌아다니며 **丐** 비럭질하며 **乞** 구걸한다

가진 것은 맨몸뿐인 길고양이들이 왠지 남 같지 않았다.

적수공권 赤手空拳

赤 벌거벗은 **手** 손과 **空** 빈 **拳** 주먹

누군가 도와줄 이 없이

각자 개인적으로

살길을 마련하는 이 세상에서

각자도생 各自圖生

各 각각 **自** 스스로 **圖** 대책과 방법을 세운다 **生** 살아갈 (대책과 방법을 세운다)

여기저기 방랑하며

험한 고초를 겪으며

노숙자 같은 신세인 너희들이

남 같지 않구나.

풍찬노숙 風餐露宿

風 바람 맞으며 **餐** 밥 먹고 **露** 이슬 맞으며 **宿** 잔다

물론 인간 세상에 빈부 격차가 존재하듯이 고양이 세계에서도 극단적인 양극화 현상이 발생하고 있다. 인터넷으로 올라오는 동영상들을 보면 좋은 주거 공간에서 온갖 품질 좋고 영양가 좋은 음식을 섭취하며 살아가는 집고양이들이 심심치 않게 보인다. 이브 씨는 인터넷의 고양이 영상들을 보면서 고양이 세계의 빈부 격차를 절감한다.

고량진미 膏粱珍味

膏 기름진 고기와 **粱** 좋은 곡식으로 (만든) **珍** 진귀하고 **味** 맛있는 (음식)

있으신 분들은 자기들이 사랑하는 애완 고양이들에게 돈을 물 쓰듯 한다. 돈을 아낌없이 쓰는 그런 모양새를 보면서, 없는 사람으로서 이브 씨는 한편으로 밉기도 하면서, 애완 고양이를 키우는 이상적인 삶의 형태를 보여주는 데 대하여 다른 한편으로 고맙기도 하지만 ……

용전여수 用錢如水

用 쓴다 **錢** 돈을 (쓴다) **如** 같이 **水** 물 (쓰는 것 같이)

이브 씨는 길을 거닐 때마다 보이는, 애완견들이 싸놓은 똥을 처리하시는 분들을 볼 때면 무언가 회의적이고 비판적인 생각을 하지 않을 수 없게 된다.

이브 씨가 사랑하는 애니메이션 중에 그런 장면이 있다. 작은 배를 타고 망망대해를 항해하던 미니언들이 대화하는 장면이다:

미니언 밥: (꼬르륵)
미니언 캐빈: 오, 래비도?
미니언 밥: (손으로 무언가를 입으로 먹는 시늉을 하며) 마또까아
미니언 스튜와트: 오, 뿌라노라 마또까, (눈빛이 바뀌며) 어, 바나나?
미니언 캐빈: (스튜와트의 눈에 바나나로 보이는 캐빈과 밥) 어, 스튜와트? 마까래노?
미니언 스튜와트: 쩝쩝, 바나나? 쩝쩝, 빠나나아! (스튜와트, 캐빈과 밥에게 돌진)

이게 뭔 장면이냐면 배고픈 스튜와트의 눈에 캐빈과 밥이 바나나로 보이는 우스꽝스러운 장면이다. 그래서 스튜와트가 바나나로 보이는 캐빈에게 달려들어 바나나인 줄 알고 캐빈을 맛보려고 혀로 핥는 장면이다.

그 다음 웃기는 장면이 이브 씨가 주목한 장면인데, (그렇게 제정신이 아닌 스튜와트의 모습에) 처음에는 겁먹었던 미니언 밥이 (그렇게 맛있게 혀로 캐빈을 할짝이는) 스튜와트를 보고 자기도 군침이 돌아 (함께 캐빈을 먹으려고) '앙~'하며 캐빈의 바나나처럼 생긴 머리를 한입에 집어삼키는 장면이다.

항상 뭔가 삐딱하게, 엉뚱하게 상상하길 좋아하는 이브 씨의 눈에 이 장면이 어떻게 보였느냐면 인간 세상에서 누군가 미친 짓을 할 때, 그 미친 짓이 뭔가 있어 보이면, 다른 사람들이 그 미친 짓을 따라하는 모습으

로 비춰졌다. 이브 씨는 이 애니메이션이 그런 사회의 모습을 풍자한 게 아닐까 생각이 들었다.

그 미친 짓이 애완동물을 섬기는 문화라고 하면 다소 극단적인 표현이 아닐 수 없지만, 평생을 상대적 박탈감에 허덕여온 이브 씨가 보기에는 그다지 극단적인 표현도 아니었다.

일견폐형 백견폐성 一犬吠形 百犬吠聲

一 한 마리의 **犬** 개가 **吠** 짖으면 **形** 허상을 (보고 짖으면) **百** 100마리의 **犬** 개들이 **吠** (따라) 짖는다 **聲** 그 소리를 (따라 짖는다)

세상에 많은 사람들이 자신들의 애완동물들, 뒤처리하고 있는 꼴이 이브 씨의 눈에는 마뜩잖아 보였다. 한없이 마음씨가 고운 이브 씨가 생각하는 이상적인 사회란 모든 사람들이 다른 사람들을 신성시하고 받드는 자세로 임하는 사회였다. 인본주의라고 해야 할까? 사람이 우선인 세상, 사람이 사람을 섬기는 세상, 정말 살기 좋은 세상이 도래한다면 이런 세상이 아닐까 싶었다. (여기서 '사람이 사람을 섬긴다' 함은 위계 질서 하에서 하급자가 상급자를 섬기는 그딴 섬김은 절대 아님은 물론이다.)

지금 세상은 인간이 동물을 섬기는 세상이었고, 인간이 개만도 못한 세상이었고, 인간이 고양이만도 못한 세상이었기 때문에 이브 씨는 그런 세상 분위기에 적응할 수가 없었다. (물론 당연히 애완동물을 키우시는 분들이 다른 인간들에게 악의나 악감정이 있다는, 그런 말도 안 되는, 이야기가 절대 아니다. 결과적으로 이런 꼴이 아니냔 이야기다.)

사인여천 事人如天

事 공경하여 받들어 모시다 **人** 사람을 (공경하여 받들어 모시다) **如** 마치 ~인 것처럼 **天** (마치) 한울님(인 것처럼)

애완동물들도 어쩌면 쓸모없어 쓸모 있는, 역설적 효용을 지닌 존재들일지도 모른다. 무어 새삼스러운 이야기지만 너무도 사랑스러운 애완동물들이 많고, 그렇게 사랑스럽다는 것 자체가 인간에게 크나큰 기쁨을 주는 존재 효과인지도 모른다.

이브 씨가 애완동물 문화를 살짝 삐딱한 시선으로 바라보고 있기는 하지만, 그렇다고 애완동물을 싸그리 잡아다 없애자고 주장하는 것은 당연히 아니다. (이 에세이도 동물을 사랑하는 이브 씨의 이야기가 아닌가? 이브 씨도 경제적 여력이 있었다면 필시 애완동물을 키웠을 사람이었다.) 그러한 주류 문화 밖에서 소외되는 누군가가 존재한다면, 춥고 병들고 배고픈 사람들이 존재한다면, 인간으로서 그러한 인간에게 보다 더 우선순위를 두는 제도든 뭐든 마련하는 게 좋지 않겠는가 하는 지극히 당연한 문제 제기일 뿐이다.

무용지용 無用之用

無 없는 **用** 쓸모(없는) **之** (그런) **用** 쓸모

어쩌면 이러한 생각이, 이러한 문제 제기가 속세에서 벗어나 바쁘지 않은 삶을 영위하는 이브 씨 같은 사람이 해야 할 일인지도 모른다. 우물 안 개구리의 역할이랄까? 인간 세상에 자리잡힌 질서에 대해, 질서 밖에

서 뭔가 한소리를 하는 것. 확립된 질서를 뒤엎자는 엄청난 소리가 아니라, 그러한 질서의 이면에 생기는 뭔가 좀 고쳤으면 좋겠는 뭔가가 있다는 무어 그런 소리. 이브 씨가 원래 조용조용한 사람이라 목소리도 별로 크지 않아서 그 소리가 다른 사람들에게 잘 들릴지는 모르겠지만 말이다.

물외한인 物外閑人

物 (세상) 일의 **外** 바깥에서 **閑** 여유로운 **人** 사람

이브 씨는 세상 속에 있을 때 늘 길을 잃었다. 남들이 가는 대로 어딘가로 가고 있긴 했지만, 자신이 제대로 가고 있는지, 어디로 가야 하는지 모를 때가 많았다. 기본적으로 기존 질서에 부적응하는 캐릭터였기 때문에, 질서에 적응하여 잘 살고 있는, 다른 사람들에게 물어보는 것도 마땅치 않았다.

이제는 우물 속에서 당당하게 나는 길을 잃었다! 라고 소리낼 수 있다. 세상의 길은 나 같은 우물 안 개구리가 걷기에는 살짝, 아주 살짝 울퉁불퉁하다고, 저 길의 저 언저리가 걷기에 몹시 불편하다고 말할 수 있다. 내가 가고 싶은, 갈 수 있는 길은 이러이러한 길이 아니고, 저러저러하면 좋겠는 저런 길이라고.

미자불문로 迷者不問路

迷 길을 잃고 헤매는 **者** 사람이 **不** 아니한다 **問** 묻지 (아니한다) **路** 길을 (묻지 아니한다)

사람은 자기가 아는 범위에서 사고하고 행동할 수밖에 없다. 이브 씨는 평생 뭣도 없이 살았기 때문에 '가난이 무엇인지' 뼛속까지 잘 알고 있었다. 그래서 이브 씨의 집필 주제에 — 이 에세이에서처럼 — 빈곤이 나오는 것이다. 한없이 선량한 이브 씨는 타인을 원망하지 않고, 가난의 책임을 자신에게서 찾으려는 자세를 견지하고 있긴 했다. 그러나 가난이 꼭 개인만의 문제라고 할 수 없는, 구조적인 차원이 — 부의 세습, 부익부빈익빈 등등 — 있다는 사실도 부정할 수 없는 현실이다. 내 탓만을 할 수 없다면 남 탓을 해야 하고 그 남은, 그 타인은, 타인들은 그에 대해 책임을 져야할 여지가 분명히 있는 것이다.

반구저기 反求諸己

反 돌이켜 **求** 구한다 **諸** ~에게서 **己** 자신(에게서)

시끄러운 속세를 벗어나 우물 속에서 고고히 지내는 이브 씨가 이렇게 시끄러운 속세가 나아갈 바람직한 방향에 대해 심각하게 고민하는 것 자체가 하나의 아이러니이긴 했다. 아마도 이브 씨의 곱디고운 마음씨 탓인 듯했다. (그 마음씨, 참 곱다, 고와!)

동산고와 東山高臥

東 (속세를 피해) 동녘 **山** 산에 (숨어서) **高** 고고하게 **臥** 누워 지내네

한 개인의 힘으로 세상의 질서에 맞서 싸운다는 게 가당키나 한 건지 모르겠지만, 마치 사마귀가 자기 힘으로는 감당할 수 없는 적수인 수레

에 맞서는 꼴은 아닌지 ……

당랑거철 螳螂拒轍

螳螂 사마귀가 **拒** 막는다 **轍** 수레바퀴가 나아갈 진로를 (막는다)

그렇게 당당히 맞서는 모양이 그저 무모한 용기인지 ……

당랑지부 螳螂之斧

螳螂 사마귀가 **之** 간다 **斧** 도끼(같은 앞발을 휘두르며 수레 앞으로 나아간다)

아니면 불굴의 용기라는 해석도 가능한지 ……

당비당차 螳臂當車

螳 사마귀가 **臂** 팔로 **當** 막는다 **車** 수레를 (막는다)

…… 무어, 괜찮지 않을까? 어차피 우물 안 개구리가 우물 안에서 개굴개굴 하는 소리일 뿐이니까. 작디작은 우물 안 개구리의 목소리가 커봤자 얼마나 크겠는가? 이브 씨의 비판적 목소리는 우물 안 개구리로서 큰 소리로 외치는 한마디의 꾸지람일 뿐이다.

대갈일성 大喝一聲

大 크게 **喝** 꾸짖는다 **一** 한 번 **聲** 소리 내어

그리고 작가라는 직업은, 글쓰기는 우물 안 개구리인 이브 씨가 그런 자신의 목소리를 낼 수 있는 돌파구였다. 쥐뿔 아무것도 없으면서, 자신의 앞가림도 못하면서 동시에 다른 어려운 처지의 사람들의 앞가림을 걱정하는 것은 이브 씨가 한꺼번에 하기에는 무리인 일이었었다. 무리하게 두 가지 일을 병행하는 모양이었다. 그러나 글로써 타인의 아픔, 세상의 문제를 고민하는 건, 지 앞가림을 못하는 와중에도, 이브 씨의 역량으로 충분히 할 수 있는 일이었다.

대분망천 戴盆望天

戴 머리에 이면서 **盆** 동이를 **望** 바라본다 **天** (동시에) 하늘을 (바라본다)

세상의 질서를 바꾸는 일은, 힘을 쓰는 일이든 머리를 쓰는 일이든, 훌륭하신 세상 분들이 하실 일들이고, 이브 씨의 역량으로는 완수하기 버거운 일이었다. 그렇지만 지금 세상의 질서에서 이런 점은 좀 안 좋지 않느냐? 는 소리 정도는 이브 씨도 충분히 낼 수 있는 일이었다.

약마복중 弱馬卜重

弱 약한 **馬** 말에게 **卜** 짐바리가 **重** (너무) 무겁다

없이 사는 사람으로서
물질적으로 무언가를 하는 건
어려운 가운데서도 어려운 일,
매우 어려운 일이겠지만

난중지난 難中之難

難 어려운 **中** 가운데에서도 **之** (으뜸으로) **難** 어려운 (것)

없이 사는 사람이라도
정신적으로 무언가를 하는 건,
작은 목소리를 내는 건
쉬운 일,
매우 쉬운 일일 것이다.

낭중취물 囊中取物

囊 주머니 **中** 가운데에서 **取** 손에 든다 **物** 물건을 (손에 든다)

우물 안 개구리로서
개굴개굴 우는 소리로
가려웠던 곳을 긁어야지.
시원해질 때까지
긁는 소리를 내야지.

마고소양 麻姑搔痒

麻姑 (손톱이 긴) 마고(라는 선녀가) **搔** (그 긴 손톱으로) 긁어준다 **痒** 가려운 데를 (긁어준다)

이브 씨는 바르고 고운 말을 사랑하는 사람이었지만, 세상이 부조리가 심할 때에는 욕설을 가미하여 질책할 생각도 하고 있었다.

매리잡언 罵詈雜言

罵 욕하며 꾸짖는다 **詈** 욕하며 꾸짖는다 **雜** 거칠고 천한 말들 섞어가며 **言** 말씀하신다

그런데 문제의 원인이나 책임을 어쩔 수 없는 운명 탓으로 돌리거나 다른 사람에게서 찾는 것은 다른 사람들이 충분히 많이 하는 일들이라서 이브 씨는 주로 자기 자신을 돌아보며 자신에게서 그 해법을 찾으려고 하고 있었다.

불원천 불우인 不怨天 不尤人

不 아니하고 **怨** 원망하지 (아니하고) **天** 하늘을 (원망하지 아니하고) **不** 아니한다 **尤** 더욱더 원망하지 (아니한다) **人** 사람을 (더욱더 원망하지 아니한다)

허언을 절대 하고 싶지 않아서도 그랬다. 이브 씨는 감당하지도 못하면서 자신의 능력 범위를 넘어선 일을 할 생각은 추호도 없었다.

지소모대 智小謀大

智 지혜는 **小** 작은데 **謀** 꾀하는, 도모하는 일은 **大** 크다

여러 사람들이 우러러보고 의지할 만한 위대한 사람이 된다거나 하는 등 ……

태산양목 泰山樑木
泰 큰 **山** 산과 **樑** 들보로 쓰이는 **木** 나무

무언가 대단한 일을 이룩하고자 하는 마음도, 그런 포부도, 사실 아예 없다고 하면 거짓말이겠지만, 괜히 거창하게 시작했다가 기대하게 만들면서 요란하게 난리를 피운 다음에 정작 내놓은 결과물이 너무도 보잘것없을까 봐, 그런 기대를 저버린 결과물이 나올까 봐 그런 언급을 자제하는 이브 씨였다.

작게 작게 이루겠다고 해놓고
뭔가 크게 이루면
더 괜찮지 않겠어?
…… 응?

태산명동 서일필 泰山鳴動 鼠一匹
泰 큰 **山** 산이 **鳴** 울며 **動** 움직이더니 **鼠** 쥐 **一** 한 **匹** 마리뿐

06

어쩌면 이 들고양이가 고독(孤獨)이라는 고독(苦毒) 속에 살던 이브 씨에게 괴로움 속에서 찾을 수 있었던 하나의 행복이었던 건지도 모른다.

어쨌든 그 얼룩고양이와 친해졌던 이후로 이브 씨는 길거리를 걷다 늘 길가를 두리번거리는 습관이 생겼다. 혹시라도 어느 고양이를 볼까 해서 말이다.

고중작락 苦中作樂

苦 괴로움 **中** 가운데 **作** 짓는다 **樂** 즐거움을 (짓는다)

대수롭지 않아 보이는 이 두리번두리번은 이제 길을 걷는 이브 씨의 흔한 행동이었다.

일상다반 日常茶飯

日 날마다 **常** 항상 하는 일 **茶** 차를 마신다거나 **飯** 밥을 먹는 일처럼 예사로운 일

그렇게 두리번거리다가 길고양이를 만날 때면 — 사람을 보자마자 냅다 도망가는 길고양이들은 어쩔 수 없고, 경계하며 언제든 도망갈 태세를 취하며 가만히 있는 고양이를 상대로 — 이브 씨는 쪼그려 앉아 고양이에게 말을 걸었다.

우이독경 牛耳讀經

牛 소 **耳** 귀에 (대고) **讀** 읽는다 **經** 경서를 (읽는다)

사실 길고양이들은 늘 사람을 경계하기 때문에, 몹시 잘 놀라는 모양으로, 조금만 다가가도 움찔하며 도망가기 일쑤다.

영해향진 影駭響震

影 그림자에도 **駭** 놀라고 **響** 울리는 소리에도 **震** 두려워 떨고

어쩌면 그런 모습조차 다른 사람과 부대끼지 않기 위하여 스스로 피하는 은둔자 신세인 이브 씨로서는 묘한 동질감의 원천이었는지도 모른다.

오근피지 吾謹避之

吾 나는 **謹** (남들과 맞부딪치는 것을) 삼가면서 **避** 피해 **之** 가면서 산다

공연히 지레 겁을 먹고 허둥대는 그런 길고양이들의 모습이 …….

오우천월 吳牛喘月

吳 (한낮에 더위에 찌든) 오나라 **牛** 소가 **喘** 숨차 헐떡거린다 **月** (밤에) 달을 (보고, 해인 줄 알고 숨차 헐떡거린다)

하긴 고양이 입장에서는 경계하는 게 어쩌면 당연하다. 전혀 모르는 낯선 사람이 갑자기 걸음을 멈춰서서 아는 척하고 친한 척하니까 어리둥절할 일일 듯도 하다. 하지만 요즈음에는 길을 가다 고양이에게 먹이를 주시는 분들도 참 많다 보니까 고양이의 경계 태세는 한편으로는 저 인간이 내게 먹이를 주려나 라는 기대 심리를 반영한 것이기도 했다.

생면부지 生面不知

生 태어난 이후 **面** (처음 보는) 낯을 대면한다 **不** 못하는 **知** 알지 (못하는 처음 보는 낯을 대면한다)

그렇게 경계 태세를 하고 있는 고양이와 눈이 마주칠 때면, 자칫하면 무슨 일이 터질 것 같은 초긴장 상태와 유사한 상태가 되지만, 이브 씨가 한두 발짝 더 다가가지 않는 한 실상 아무 일도 일어나지 않는다.

일촉즉발 一觸卽發

一 한 번이라도 **觸** 닿으면 **卽** 곧 **發** 폭발할 듯한 형국

이브 씨가 아무리 뭐라 뭐라 해도 고양이가 알아들을 리는 만무했다. 거의 이브 씨의 혼잣말이 되어버리지만,

대우탄금 對牛彈琴

對 마주하며 **牛** 소를 (마주하며) **彈** 줄을 퉁겨 (음악을 들려준다) **琴** 거문고 (줄을 퉁겨 음악을 들려준다)

길고양이를 보면 흐뭇하고 기쁜 표정으로, 한판 크게 웃는 표정으로, 이브 씨는 그런 대화 아닌 대화를 즐겼고 그 대화는 이브 씨에게 하나의 멜로디 같았다.

파안일소 破顔一笑

破 깨뜨리면서 **顔** 낯을, (굳어 있던) 얼굴을 (깨뜨리면서) **一** 한바탕 **笑** 웃는다

07

다시 새끼 고양이 일로 돌아가면 …… 무심히 길을 걷던 이브 씨는 무언가 이상하다고 느꼈다. 평상시 같았으면 활기차게 뛰어 돌아다니며 사람을 보면 부리나케 뛰어 달아났어야 했는데, 그렇게 도망쳐야 하는데 새끼 고양이가 그저 가만히 웅크리고 있었다. 어린 고양이가 무언가를 몹시 두려워하는 모양이었다.

외수외미 畏首畏尾

畏 두려워한다 **首** 머리가 (어떻게 되지나 않을까 두려워한다) **畏** 두려워한다 **尾** 꼬리가 (어떻게 되지나 않을까 두려워한다)

어린 고양이는 살도 거의 없어 홀쭉한 모양이었다.

피골상접 皮骨相接

皮 살가죽과 **骨** 뼈가 **相** 서로 **接** 딱 달라붙어 있다

그런 어린 고양이가 두려워 덜덜 떨고 있어 몹시 안쓰러워 보였다. 고양이는 가여울 정도로 와들와들 떨고 있었다. 늘 활달하게 움직였던 아이가 움직이지도 못하고 잔뜩 웅크리고 앉아 있었다. 어딘가 아픈 게 분명했다.

전전긍긍 戰戰兢兢

戰 두려워 떨고 **戰** 두려워 떨고 **兢** 와들와들 떨고 **兢** 와들와들 떨고

남들이 자신에게 위해를 가한다는 생각에서 벗어나지 못하는 것처럼 어린 고양이가 잔뜩 겁에 질려 있었다.

...... *왜 이렇게 겁먹은 거지?*

피해망상 被害妄想

被 입었다고 **害** 해를 (입었다고) **妄** 망령되이 **想** 생각한다

아니 땐 굴뚝에 연기 나랴. 필시 인과 관계가 있을 터인데 그 원인을 알 수 없던 이브 씨는 답답했다.

돌불연 불생연 突不燃 不生煙

突 갑자기 굴뚝은 **不** 아니하면 **燃** 불태우지 (아니하면) **不** 아니한다 **生** 나오지 (아니한다) **煙** 연기가 (나오지 아니한다)

다만 주위를 둘러보니, 그전까지만 해도 있었던 고양이집들이 싹 다 치워져 있었다. 누군가가 정리를 한 것 같았는데

누군가가 누구지?

누군가가 신고해서 공무원들이 와서 치운 건가?

집들을 치울 때 너무 거칠게 치워서

고양이가 크게 놀란 걸까?

앙급지어 殃及池魚

殃 (뜻밖의) 재앙이 **及** 미친다 **池** 연못 속 **魚** 물고기에게

혹시 어린 고양이가 고양이집 안에서 편안하게 자고 있었는데

갑자기 고양이집이 철거되느라 크게 움직여

고양이가 큰 충격을 받은 걸까?

아닌 밤중에 홍두깨 식으로 재앙을 겪은 걸까?

알 도리가 없어 의문 부호만 잔뜩 찍고 있는 이브 씨였다.

지어지앙 池魚之殃

池 연못 속 **魚** 물고기에게 **之** 닥친 (뜻밖의) **殃** 재앙

알 수 없을 만큼 이상야릇한 일이었다. 새끼 고양이는 이제 뛰지도 못하고 절뚝절뚝 힘없이 걸어서 어디론가 가버렸다. 그렇게 숨어버리면 이브 씨로서는 어찌할 방도가 없었다.

돌돌괴사 咄咄怪事

咄 (혀를 차는 소리) 쯧쯧, 끌끌 **咄** (혀를 차는 소리) 쯧쯧, 끌끌 **怪** 의심스럽고 괴상한 **事** 일이로다

처음에는 길냥이들을 돌보는 집사 분과 ― 항상 일정한 저녁 시간에 길고양이들에게 먹이를 주러 오시는 분이었다. ― 상의하여 새끼 고양이가 자는 고양이집에 담요를 더 덮어주기도 했다. 그러나 언 발에 오줌 누기 식으로 당장은 추위를 녹일 수 있지만, 병을 치료하는 데는 전혀 도움이 되지 않는 조치였고 시간이 지나면서 병이 더 악화될까 봐 걱정스러웠다. 당장의 효과에 급급하기보다 먼 앞날을 내다보는 조치가 필요했다.

동족방뇨 凍足放尿

凍 얼어붙은 **足** 발에 **放** 놓는다 **尿** 오줌을 (놓는다)

시간이 아까웠다. 고양이가 병원에서 제대로 치료를 받지 못하고 흘러가는 시간들이 이브 씨에게는 너무도 길게 느껴졌다.

일각천금 一刻千金

一 아주 짧은 **刻** 시각이 **千** 1000 **金** 냥의 값어치가 있다

아프면 병원에 가야지!
자신의 질병은 의사에게 진단받고 치료해야 마땅하지.
그런데 그렇게 꽁꽁 숨어 있으면
오히려 질병을 숨기고 치료를 거부하고 있는 꼴이잖아.

호질기의 護疾忌醫

護 보호한다 **疾** 병을 (보호한다) **忌** 꺼린다 **醫** 치료를 (꺼린다)

뜨거운 것을 붙잡고 그대로 있으면 손을 데고 상처가 깊어질 뿐이다. 시급하게 물에 씻는 등의 방법으로 열을 식혀야지, 그대로 뜨거운 것을 붙잡고만 있으면 안 된다. 새끼 고양이는 뭔지 모를 뜨거운 질병을 붙잡고만 있어 병세가 깊어지는 모양이었다.

집열불탁 執熱不濯

執 잡은 채로 **熱** 뜨거운 것을 (잡은 채로) **不** 아니한다 **濯** 씻지 (아니한다)

길고양이가 아파 보여도, 어디가 아픈지 보려고 해도 붙잡힐까 봐 도망가버리면 대책이 없었다. 치료해주고 싶어도 치료해줄 수 없는 무력한 모양이었다.

속수무책 束手無策

束 묶인 채 **手** 손이 (묶인 채) **無** 없다 **策** 꾀를 낼 수가 (없다)

이브 씨는 그렇게 길을 걷다 우연히 본 새끼 고양이의 몸 상태가 몹시 걱정스러웠다.

노파심절 老婆心切

老 늙은 **婆** 할머니(처럼) **心** (걱정하는) 마음이 **切** 절박하다

그러나 이브 씨는 고양이의 상태가 그렇게까지 심각하진 않다고 생각했다. 바큇자국 안이 말라 있어 물이 없기 때문에 죽느냐 사느냐의 위기를 겪고 있는 물고기와 같은, 그렇게 숨을 못 쉬고 있는 물고기와 같은 상황이라고는 꿈에도 생각지 못했다.

학철부어 涸轍鮒魚

涸 마른 **轍** 바퀴 자국 안에 **鮒** 붕어 **魚** 물고기

이브 씨는 사리를 분별할 지각이 없는 철부지처럼 고양이가 겪고 있는 위급함을 간과해버리고 말았다.

철부지급 轍鮒之急

轍 수레바퀴 자국 안에서 **鮒** 붕어가 **之** 겪는 **急** 위급함

그래서 나중에 병원을 찾아가는 내내 이브 씨의 얼굴 표정은 대체로 밝디밝았다. 그저 단순하게 안이하게 곧 치료받으면 바로 나을 거야 라고 생각하며 이브 씨는 기쁨이 뿜뿜 뿜어져 나오는 얼굴을 하고 있었다.

춘풍만면 春風滿面

春 봄 **風** 바람이 **滿** 가득 차 있다 **面** 낯에, 얼굴에

어쨌든 이 고양이 일은 이브 씨 혼자 힘으로 할 수는 없는 일이었다. 다른 사람들의 도움을 받아야 할 일이었다.

인인성사 因人成事

因 인하여 **人** 다른 사람으로 (인하여) **成** 이룬다 **事** 일을 (이룬다)

재판은 판사에게 진료는 의사에게. 전문 분야의 일은 그에 관하여 풍부하고 깊이 있는 지식이나 경험을 가지고 있는 전문가에게 문의해야 하는 법. 이브 씨는 근처의 동물 병원을 수소문하기 시작했다.

경당문노 耕當問奴

耕 밭을 가는 일은 **當** 마땅히 **問** 물어야 한다 **奴** 농사일하는 머슴에게 (물어야 한다)

이브 씨는 일단 전화로 24시간 동물 병원에 진찰을 문의해 보았다. 고양이 종합검사 비용으로 몇십만 원이 들 거라는 설명을 들었다. 이브 씨로서는 몇십만 원의 진료비는 차마 부담할 수 없는 금액이었다.

감불생심 敢不生心

敢 감히 **不** 아니한다 **生** 생기지 (아니한다) **心** (할) 마음이 (생기지 아니한다)

돈 몇십만 원을 '큰돈'이라고 하면 꽤 많은 사람들이 코웃음을 칠 테지만, 이브 씨에게 몇십만 원은 한 번에 써버리기에는 너무 큰돈이었다. 예전에는 거의 아르바이트 수준으로 개인 과외를 하며 그럭저럭 소득이 있었지만, 지금은 글쓴다고 다른 일은 아무것도 하지 않고 있던 터라 수입이 전혀 없는 상태였기 때문에 한번에 돈 몇십만 원은 꽤 큰 출혈이었다.

일척천금 一擲千金

一 한 번에 **擲** 내던져버린다 **千** 1000 **金** 냥을 (내던져버린다)

진료비와 관련하여 너무 큰돈이라고 하니 생각나는 일이 하나 있었다. 나이를 먹어감에 따라 몸의 여기저기에서 이상 신호가 슬슬 나타나고 있던 이브 씨는 근처 병원의 홈페이지를 방문해 종합 검진을 받으려면 비용이 얼마나 드나 한번 알아본 적이 있었다. 종합 검진 가격이 반듯한 네모칸들 표로 깔끔하고 알기 쉽게 정리되어 나와 있었는데 …… 이브 씨의 형편으로는 감당하기 힘든 고가의 진료비 목록을 보면서, 거참,

돈 없는 사람은 종합 검진을 받지 말란 설명이구나 라는 사실을 알기가 참 쉬웠다. 역시 돈만 있으면 다 된다는 이 세상이구나, 치료도 마찬가지구나, 이 자본주의 사회에서 이것이 부정할 수 없는 현실이구나, 새삼스럽게 깨달은 이브 씨였다.

황금만능 黃金萬能

黃 누런 **金** 쇠(화폐, 돈)의 **萬** 절대적 **能** 가능성

병원 의사에 대해 쓴소리 한마디 더 보태자면, 요즈음 시끌시끌한 의료 파업 문제 — 솔직히 보기 좋지 않다. 의료 종사자 분들께서 '의료의 질'을 말씀들 하시는데 이게 과연 '의료의 질'이 맞나요? 라고 여쭙고 싶다. 단순무식한 사람의 눈으로 보기에 이건 '밥그릇의 질' 문제로밖에 보이지 않는다. 그것도 조그마한 밥그릇이 아니라 (없이 사는 사람의 눈으로 보기에) 더럽게 큰 밥그릇으로 식사하시는 분들께서 '밥그릇 절대 사수!'를 외치는 모습이 솔직히 꼴불견이다. 의료업이 신성한 직업인 까닭은 '인간의 생명'을 지킨다는 숭고한 업적 때문이 아닌가? 내 밥그릇을 위해서라면 인간의 생명 따위, 환자의 생명 따위 하찮게 무시하는 행태로밖에 보이지 않는 의료인들의 의료 파업은 우리 사회가 무언가 대단히 앞뒤가 뒤바뀐 채, 위아래가 거꾸로 뒤집힌 채 돌아가고 있는 게 아닌가? 란 의심을 하지 않을 수 없게 한다.

본말전도 本末顚倒

本 가장 중요한 것과 **末** 가장 하찮은 것이 **顚** 거꾸로 뒤집혀 **倒** 반대가 된다

어쨌거나 저쨌거나 이브 씨의 이른바 고양이 병원 치료 작전은 걸리거나 막히지 않고 쭉쭉 일이 진행되었다.

일사천리 一瀉千里

一 한 번에 **瀉** (물이) 쏟아져 **千** 천 **里** 리 ≒ 400 킬로미터나 멀리 (흘러간다)

시름시름 앓고 있던 새끼 고양이는 고양이집 — 다시 길냥이 집사님이 만들어주신 박스로 된 집이다. — 안에 쏙 틀어박혀 코빼기도 안 내밀고 있었는데, 다행히 움직일 힘도 없었는지 도망치지도 못해서 이브 씨가 두 손을 집어넣어 고양이를 붙들 수 있었다. 고양이를 병원에 데려가기 위해 마련해 놓은 고양이 가방에 붙잡은 고양이를 집어넣고 지퍼를 잠갔다. 이로써 고양이를 병원에 데리고 갈 준비는 완료되었다.

일불현형 一不現形

一 한 번도 **不** 아니하다 **現** 나타나지 (아니하다) **形** 모습을 (나타나지 아니하다)

길냥이 집사님에게 추천받은 동물 병원이 있어, 이브 씨는 바로 그 병원을 찾아가 보기로 했다. 맡은 일을 꽤 신속하게 처리하는 모양이었다. 느릿느릿 거북이 캐릭터인 이브 씨에게는 흔치 않은 모습이었다.

견사생풍 見事生風

見 책임지고 맡으면 **事** 일을 **生** 날 (정도로) **風** 바람이 (날 정도로)

제법 걸어가야 하는 거리였지만 이브 씨는 이 정도 먼길을 걷는 정도의 수고는 마다하지 않을 만했다.

안마지로 鞍馬之勞

鞍 안장을 지우고 **馬** 말에 (안장을 지우고) **之** (장거리를 달려가는) **勞** 수고로움

이브 씨의 기개가 매우 드높은 모습이었다. 적극적으로 고양이를 치료해주고자 하는 마음에서 우러나온 기개였다.

의기충천 意氣衝天

意 뜻을 이룬 **氣** 기운이 **衝** 찌른다 **天** 하늘을 (찌른다)

병원을 찾아가며 걷는 여정에서 이브 씨의 마음이 왔다리 갔다리 하고 있었다. 이제 치료받으면 나을 거야 라며 기뻐하다가도, 가방 안에 아파서 힘없이 있는 고양이를 보면서 근심하다가 하는 모양이었다.

일희일우 一喜一憂

一 한 번 **喜** 기쁘고 **一** 한 번 **憂** 근심하고

이브 씨는 지금 고양이가 들어 있는 고양이 가방이 고양이에게 자유를 구속하는 도구로 비칠까 봐, 고양이가 속박에 얽매인 상태에 있다고 스스로 느낄까 봐 걱정되었다.

질곡 桎梏

桎 차꼬 (발을 구속하는 도구)와 **梏** 수갑 (손을 구속하는 도구)

고양이 입장에서는 자기가 어디로 가는지 영문을 모를 일이었기에 그저 이브 씨가 길을 걸으며 가방이 흔들릴 때마다 자기가 상당히 위험한 상황에 있는 것은 아닌가 의심할 만했고 오해할 만했다.

약섭춘빙 若涉春氷

若 같다 **涉** (밟고) 건너는 것 (같다) **春** 봄에 **氷** (얇은) 얼음을 (밟고 건너는 것 같다)

가방 속에 있는 고양이는 사실 매우 불편하고 불안한 모양이었다. 계속 떨고 있는 모습도 그대로였다.

여좌침석 如坐針席

如 같다 **坐** 앉아 있는 것 (같다) **針** 바늘을 **席** 깔아 놓은 자리에 (앉아 있는 것 같다)

그러나 이브 씨는 고양이의 병이 치료될 것을 믿어 의심치 않았기 때문에 고양이에게

쫌만 참아,

곧 나을 거야,

너 나한테 크나큰 은혜를 빚진 거다?

……

생사육골 生死肉骨

生 살려주는 (크나큰 은혜) **死** 죽었던 목숨 (살려주는 크나큰 은혜) **肉** 살이 붙는 듯한 (크나큰 은혜) **骨** 뼈에 (살이 붙는 듯한 크나큰 은혜)

고양이가 알아들을 리 없는 말을, 말의 귀로 바람이 스쳐 지나가듯이, 이브 씨는 고양이에게 하고 있었다. 물론 아픈 고양이는 이브 씨가 무슨 말을 해도 듣는 둥 마는 둥하며 아무 관심도 없는 모양이었다.

마이동풍 馬耳東風

馬 말 **耳** 귀에 **東** 동녘 **風** 바람 불듯

나중에 너 병 다 나으면

절대로 이 은혜를 잊으면 안 돼!

나한테 늘 고마워해야 해!

등등의 이야기를 해주며 이브 씨는 신나게 병원을 향해 걸음을 옮겼다. (나중에 뼈에 새겨질 정도로 잊기 어려운 건, 은혜가 아닌 다른 무엇이 되어버렸지만 …….)

백골난망 白骨難忘

白 (죽어서) 하얗게 **骨** 뼈만 남더라도 **難** 어렵다 **忘** 잊기 (어렵다) — 은혜를 잊기 어렵다

이브 씨는 고양이 가방을 조심스레 들고 한걸음 한걸음 병원을 향한 발걸음을 이어나갔다. 조금만 세게 걷거나 조금이라도 충격을 주면 고양이에게 해로울까 봐, 마치 고양이가 계란처럼 깨질까 봐 마음을 놓을 수 없는 것처럼 보이는 발걸음이었다.

누란지위 累卵之危

累 (여럿이 포개어진) **卵** 알들이 (여럿이 포개어진) **之** (그러한) **危** 위태로움

이브 씨는 고양이의 건강 상태가 더 악화되리라고는 꿈에도 생각하지 않았다.

기우 杞憂

杞 기나라 (사람의) **憂** (쓸데없는) 근심

그러한 걱정은 이브 씨에게는 아무런 쓸모도 값어치도 없는 걱정일 뿐이었다.

기인지우 杞人之憂

杞 기나라 **人** 사람이 한 **之** (하늘이 무너질까 봐, 땅이 꺼질까 봐 따위의) **憂** (쓸데없는) 근심

08

그것은 …… 전조였을까?

오동일엽 梧桐一葉

梧桐 오동나무에서 **一** (떨어진) 하나의 **葉** 오동잎

앞으로 생길 불길한 일의 예고편이었던 것일까? 불길한 징조였을까?

암운저미 暗雲低迷

暗 어두운 **雲** 구름이 **低** 낮게 (드리우며) **迷** 어지럽게 한다

이브 씨가 그렇게 마냥 즐겁게 룰루랄라 하면서 새끼 고양이가 든 가방을 들고 동물 병원을 향해 걸어가던 중이었다. 어느 아파트 입구를 지나는데 어디서 삐약삐약 소리가 들렸다. 보니까 정말 갓난아기들, 세상에 나온 지 얼마 안 된 새끼 고양이 두 마리가, 아직 아기들이라 제대로 걷지도 못해 절뚝절뚝 걸으면서 오고 있는 게 보였다.

그때 입구를 나오던 차가 한 대 멈추더니 운전하시던 분이 내려서 도로로 나온 아기 고양이 한 마리를 잡아채 인도에 놓아주었다. 아기 고양이가 지나는 차에 치일까 봐서였다.

참 괜찮은 사람이군 생각하며 길을 계속 가려다가, 귀여운 건 못 참지 하며 이브 씨는 가던 길을 잠시 멈추고, 고양이 가방을 조심스럽게 길가 한 켠에 놓아두고, 그렇게 절뚝절뚝 오다 차 운전수에게 덜미를 잡혀 도로에서 인도로 낙하한 아기 고양이를 양손으로 포획했다.

그렇게 아기를 붙잡아서는 길가에서 차도를 등지고 쪼그려 앉아 마냥 사랑스럽게 고양이를 쓰다듬기도 하고 살짝 간지럽히기도 하며 이브 씨는 놀고 있었다. 그때였다.

일엽락 천하지추 一葉落 天下知秋

一 하나의 **葉** 잎이 **落** 떨어지면 **天** 하늘 **下** 아래 (모두가) **知** 안다 **秋** 가을이 도래했음을 (안다)

예상하지 못했던 뜻밖의 재난이 그동안의 평화로움을 찢어버렸다.

이게 무슨 마른하늘에 떨어진 날벼락이란 말인가

청천벽력 靑天霹靂

靑 푸른 **天** 하늘에 **霹** 벼락 **靂** 벼락

뒤에서 웅성거리는 소리가 들렸다. 돌아보니 아기 고양이가 차에 치였다고 했다. (그 친절한 차 운전수 분이 우려했던 대로) 아기 고양이 둘 중 나머지 한 마리가 출근하러 나가는 자동차에 박히는 교통사고를 당한 것이었다. 붙잡고 있던 아기 고양이를 놔주고 이브 씨는 사고를 당한 아기 고양이를 보러 반대편 인도 쪽으로 건너가 보았다. 벌써 아파트를 경비하시는 아저씨 한 분은 삽을 들고 와 고양이를 파묻을 준비를 하고 계셨다.

일엽지추 一葉知秋

一 하나의 **葉** 잎이 **知** 알게 한다 **秋** 가을(이 왔음을 알게 한다)

보니까 아까 그 아가 고양이랑 똑 닮은 아가 고양이가 머리에 뇌가 튀어나온 채 가는 숨을 아직 쉬고 있었다. 이브 씨는 두 손에 쏘옥 들어오는 작디작은 그 아가 고양이와 눈을 마주친 채 잠시 그 상태로 동작을 멈춘 채 있었다. 시간도 함께 멈춘 듯했다.

천재지변 天災地變

天 하늘의 **災** 재앙 **地** 땅의 **變** 재난

그렇게 잠시 고양이를 바라보다가 이브 씨는 경비 아저씨에게 제가 마침 동물 병원에 가는 길이니 이 고양이를 데려가겠다고 했다. 어찌저찌 검정색 비닐 봉지에 아기 고양이를 담아 한 손에 들고, 놓아둔 고양이 가방을 다른 손에 다시 들고, 이브 씨는 터덜터덜 가던 길을 다시 걷기 시작했다. 이브 씨 나름으로는 그 상황에 맞게 최선을 다한 생각과 행동이었지만, 조금 걷다 비닐 봉지 안을 들여다보니 고양이는 이미 숨이 끊어진 상황이었다.

임기응변 臨機應變

臨 임하여 **機** 때에 (임하여) **應** 반응하면서 **變** 변통한다

뇌가 터진 채 간신히 숨이 붙어 있는 아가 고양이를, 아무런 응급 조치도 하지 않은 채 주머니에 담아 병원으로 데려가서 살리겠다니 …… 지금 생각해도 너무도 한심하고 어이도 없는, 순진한 발상이었다. 터무니없게 거짓되어 이치에 닿지 않는 모양이었다. 뭐든 곧이곧대로 믿고, 닥친 상황에 따라 융통성 있게 일을 처리하지 못하는 이브 씨의 성격이 잘 드러나는 장면인 듯도 싶었다.

허무맹랑 虛無孟浪

虛 허망하고 **無** 없다 (아무것도 없다) **孟** 맹랑하다 (불합리하다) **浪** 터무니없다

……

재앙을 자초하는 모양이었나?

차들이 다니는 길로 나선 어린 고양이들의 모습은?

개문읍도 開門揖盜

開 열고 **門** 문을 (열고) **揖** 불러들인다 **盜** 도둑을 (불러들인다)

아가 고양이들은

차도가 그렇게 위태롭고 안전하지 못한 곳이었다는 걸

알 수 없었을 텐데

……

아호지혜 餓虎之蹊

餓 굶주린 **虎** 범이 **之** 오가는 **蹊** 좁은 길

자신을 향해 차가 돌진하는 위험한 상황에서

그 어디로 피신할 데 없었던 아가 고양이

……

그 어디 의존할 데 없었고

도움도 요청할 수 없었던 아가 고양이

……

와영귀어 瓦影龜魚

瓦 기와 (밑으로) **影** 그림자 (속으로) **龜** 거북이와 **魚** 물고기가 (숨는다)

도대체 이 아가 고양이에게 무슨 죄가 있단 말인가?

모든 것이 새로운 세상에 처음 나와서

단지 새로운 세상이 궁금해서 세상을 향해 발을 내디뎠을 뿐인데 ......

호기심의 죄란 말인가?

생명을 잃을 정도로 그렇게 호기심이 죄였단 말인가?

모든 것이 봄날이었을 아기 고양이들의 앳된 울음소리가 아직도 이브 씨의 귓가에 들리는 듯했다. 괜히 공연히 세상을 탐험하러 떠났다가 재난을 자초했던 아가들의 마지막 멜로디가 ……

춘치자명 春雉自鳴

春 봄철에 **雉** 꿩이 **自** 스스로 **鳴** 운다

우물 안 개구리로서 호기심 캐릭터인 이브 씨라 호기심이 낳은 이 비극이 완전히 남의 일 같지 않게 느껴졌다. 비슷한 처지에 있는 사람의 불행을 슬퍼하는 듯했다. 왜냐하면 자기 자신도 그런 불행을 겪지 않으리라는 보장이 없었으니까.

토사호비 兎死狐悲

兎 토끼가 **死** 죽으니 **狐** 여우가 **悲** 슬프다

마음을 놓을 수 없이 위험한 게 이 세상인 줄도 몰랐던

아가들의 천진난만한 모험의 결말.

위다안소 危多安少

危 위태로운 일들은 **多** 많고 **安** 편안하게 안심할 일들은 **少** 적다

이브 씨는 생명체가 생이 마감되는 재앙을, 불행을 겪고 있었다. 그러나 그 재앙이 완료형이 아니라 아직도 현재 진행형임을 그 당시 이브 씨는 알지 못했다.

여액미진 餘厄未盡

餘 (지금껏 겪고도) 남은 **厄** 재앙이 **未** 아직 ~ 아니하다 **盡** (아직) 다 없어지지 (아니하다) — 겪을 재앙이 더 남았다

09

의사라면 당연히 치료해서 병을 고쳐줄 줄 알았다. 사이비 교주란 말은 있어도 사이비 의사란 말이 있을 줄은 이브 씨는 상상도 못했다. (아, 돌팔이 의사란 말이 있었지.)

사이비 似而非

似 닮았다 **而** 그러나 **非** 아니다

의사에 대한 그러한 확고한 믿음에 어렴풋이 의심의 싹이 튼 때는 첫 번째 동물 병원을 방문해서였다. 고양이를 본 의사가 이브 씨에게 물었다.

그래서 어디가 아픈 걸까요?

……응?

이게 무슨 질문이지?

그걸 알려고 의사를 찾아온 건데

의사란 양반이 그걸 나한테 묻고 있으면 어쩌란 얘기지?

사이비자 似而非者

似 닮기는 **而** 했지만 **非** (같진) 아니한 **者** 놈

사태가 마음먹은 대로 진행되지 않았던 시발점은 그때부터였을까.

사불여의 事不如意

事 일이 되어가는 모양이 **不** 아니하다 **如** 같지 (아니하다) **意** 뜻한 바와 (같지 아니하다)

뭐지?

어쩌고저쩌고 뭐라 뭐라 하며 간단히 약을 조제해주었는데

전혀 신뢰가 가지 않는 이 기분은?

무슨 병인지도 모르고 뭔가 대충 처방한 것 같은 이 기분은?

격화파양 隔靴爬癢

隔 (발바닥과의) 사이를 막아놓은 **靴** 신발을 (신고서) **爬** 긁고 있다 **癢** 가려운 (발바닥을 긁고 있다)

병원이란 간판이 있고,

복장을 차려 입은 의사가 있어서

무언가 있어 보였는데

알고 보니 뭣도 없는 케이스인 것 같은 이 기분.

화이부실 華而不實

華 꽃이 빛난다 **而** 그러나 **不** 못한다 **實** 열매는 맺지 (못한다)

겉보기에는 무언가 있어 보이는데,

알고 보니 아무것도 없어 쓸모없는 것 같은 이 기분.

토우목마 土牛木馬

土 흙으로 만든 **牛** 소 **木** 나무로 만든 **馬** 말

물고기가 매달려 있을 리가 없는 나무에 올라가
물고기를 잡고 있는 듯한 이 기분.

연목구어 緣木求魚

緣 연유하여 **木** 나무에 (연유하여), 나무에 (올라) **求** 구한다 **魚** 물고기를 (구한다)

물고기가 날아다닐 리 없는 하늘을 향해
물고기를 잡으려고 화살을 쏘는 이 기분.

지천사어 指天射魚

指 가리키며 **天** 하늘을 (가리키며) **射** 쏜다 **魚** 물고기를 (잡으려고 쏜다)

뿔이 있어야 할 소에게는 뿔이 없고, 뿔이 없어야 할 말에게 뿔이 난 듯이, 이치에 닿지 않을 정도로 매우 어긋난 형상이었다.

동우각마 童牛角馬

童 대머리의 (뿔이 없는) **牛** 소 **角** (머리에) 뿔이 난 **馬** 말

가려워서 긁긴 긁는데 제대로 시원하게 긁지 못해서 계속 가려워하고 답답해하는 상황이었다. 무언가 근본적으로 문제의 본질에 접근하지 못하는 기분이 들어 미심쩍었지만 달리 방법도 없던 터라 이브 씨는 일단 의사의 처방을 믿어보기로 했다.

격화소양 隔靴搔癢

隔 (발바닥과의) 사이를 막아놓은 **靴** 신발을 (신고서) **搔** 긁고 있다 **癢** 가려운 (발바닥을 긁고 있다)

그러나 그 의사의 주사 한 방과 약 처방은 아무리 봐도 근본적인 해결책이 아니라 한시적으로 대충 마련한 대책밖에 되지 않아 보였다. 이러한 의심이 타당했던 이유는 그 의사가 처방한 약을 먹고도 고양이가 회복되는 기색을 전혀 보이지 않았기 때문이다.

고식지계 姑息之計

姑 잠깐 **息** 숨 돌릴 **之** (그런) **計** 대책

짖지 못하는 개와 울지 못하는 닭처럼, 겉모양만 그럴듯하고 아무짝에도 쓸모없는 물건처럼, 그 의사의 처방약은 고양이의 치료에 별 도움이 되지 않았다.

도견와계 陶犬瓦鷄

陶 질그릇으로 만든 **犬** 개 **瓦** 기와로 만든 **鷄** 닭

이브 씨가 하던 일은 그렇게 뜻밖에 틀어져 돌아가기 시작했다.

매염봉우 賣鹽逢雨

賣 팔려고 하는데 **鹽** 소금을 **逢** 만났다 **雨** 비를 (만나 소금이 못쓰게 되어 버렸네)

10

처방약이 다 떨어져도 고양이가 낫는 기미를 보이지 않아 그 병원에 대한 불신감만 가득했던 이브 씨는 서둘러 다른 동물 병원을 알아보았다. 마침 고양이의 거주 공간 근처에 번듯해 보이는 동물 병원이 하나 있었다. 여기서도 마찬가지로 비싼 치료 과정은 이브 씨는 감히 꿈도 꾸지 못했다.

언감생심 焉敢生心

焉 어찌 **敢** 감히 **生** 생기겠는가 **心** (바라는) 마음이 (생기겠는가)

그러나 의사가 고양이를 검진하고 이러이러한 증상으로 봐서 저러저러한 처방을 해야겠다고 설명해 줄 때 이브 씨는 무언가 마음이 편안해졌다. 동물 병원 이름이 외국 이름으로 되어 있어서였던가, 작긴 했지만 저번 병원보다 약간 더 큰 시설이어서였던가, 저번의 나이가 더 든 의사보다 더 젊어 보이는 의사여서였던가, 저번 의사보다는 그래도 뭔가 그럴듯해 보이는 설명을 좀 해주어서였던가 어쨌든 ……

운산조몰 雲散鳥沒
雲 구름이 **散** 흩어지듯 **鳥** 새가 **沒** 숨어들듯

무언가 이번 의사는 무언가 믿을 만한 의사로 보였기 때문에 그동안 다른 의사에게 품고 있었던, 그동안 마음속을 흐리던, 근심과 의심이 말끔히 해소되는 기분이었다.

운산무소 雲散霧消
雲 구름이 **散** 흩어지듯 **霧** 안개가 **消** 사라지듯

이제야 구세주를 만났구나!

라는 생각이 들어 이브 씨는 분수에 넘칠 듯하게 아주 감사한 마음이었다.

감지덕지 感之德之
感 고맙게 여긴다 **之** 그것을 **德** 고맙게 생각한다 **之** 그것을

딱 시의적절한 기후 상황을 맞이한 모양이었다.

우양시약 雨暘時若

雨 비가 오고 **暘** 볕이 든다 **時** 때에 **若** 맞게

앞에 별 돌팔이 같은 의사를 만나서 기분이 별로였는데, 이제야 제대로 된 의사를 만난 기분이었다. 고양이를 치료할 최적의 기회를 만난 기분이었다. 요즈음 바이러스 어쩌고저쩌고 하며 설명하는 의사에게 완전히 믿음이 갔다. 이브 씨는 고양이의 완쾌를 낙관했다. 여러 종류의 통조림 먹이와 약 처방, 고양이가 용변을 볼 모래까지 받아 가지고 왔다.

운도시래 運到時來

運 (어떤 일이 잘될) 운이 **到** 도달한다 (동시에) **時** (어떤 일이 하기에 알맞은) 때도 **來** 도래한다

손가락에 쏘옥 들어가는 작은 주사기도 두 개를 받았다. 의사 선생님은 고양이 먹이에 약을 타서 먹이는 방법을 직접 시범으로 보여주었다. 고양이의 아가리를 벌리고, (이때 간호사 분께서 고양이의 몸통을 뒤에서 잡고 고양이가 못 움직이게 고정시킨 상태였다) 고개를 하늘로 향하게 한 후 고양이의 입 가장자리에 약을 탄 먹이가 든 주사기를 욱여넣어 억지로 주입하는 방법이었다. 자의는 아니었지만 고양이는 꿀떡꿀떡 주입물을 삼키며 약을 복용하게 되는 모양새였다.

고양이가 몸부림치며 반항하면 어떻게 먹이를 주나요?

이런 건 생전 처음이라 살짝 자신감이 없었던 이브 씨가 의사 선생님에게 물어보았다. 의사 선생님은 싱긋 웃으며

집에 벽 있잖아요?

고양이를 힘으로 벽에 밀쳐서 움직이지 못하게 한 후

먹이를 주면 되죠.

라고 강제로 먹이를 주는 팁을 알려주셨다.

아하, 그런 방법이!

감탄하며 이브 씨는 고개를 끄덕끄덕했다. 의사 선생님 말씀대로, 의사 선생님 말씀만 잘 따르면 약먹이를 주는데 별문제가 없어 보였다.

언청계용 言聽計用

言 (남의) 말씀을 **聽** (깊이 신뢰하며) 듣고 **計** (남의) 계획을 **用** (그대로) 쓴다

그렇게 이브 씨는 그 의사 선생님과 좋은 분위기로 차분하게 일을 처리하였다. 좋은 분위기였다. 그때까지는 …….

옹용조처 雍容措處

雍 화목하고 즐겁고 **容** 조용하게 **措** 일을 처리하고 **處** 대처한다

화재가 발생했을 때 근본적인 대책들로는 (옛날 기준으로) 굴뚝을 구부려 아궁이의 불길이 번지는 것을 막거나 근처에 불이 옮겨 붙을만한 땔감을 사전에 없애버리는 방법들이 있었다. 아픈 고양이를 위해 이브 씨가 세울 수 있었던 근본적인 대책은 병원을 찾아 고양이에게 약을 먹여 병이 번지는 것을 막고, 길가 풀밭 위에서 밤에 추위에 떨지 않게 고양이를 따뜻한 그의 집안으로 옮기는 것이었다.

집의 화장실을 검은 새끼 고양이의 입원실로 정했다. 병원을 찾아다닐 때 하루 종일 고양이를 담고 옮겼던 고양이 가방이 그대로 고양이집 노릇을 했다. 고양이가 춥지 않게 모포를 더 깔아주었다. 고양이집 옆에 받아온 모래를 상자에 담아 고양이가 용변을 볼 수 있게 해주었다. 그리고 받아온 여러 종류의 고양이 음식들을 푸짐하게 바닥 여기저기에 차려놓고 고양이가 언제든 나와서 먹을 수 있게끔 했다.

곡돌사신 曲突徙薪

曲 구부려라 **突** 굴뚝을 **徙** 옮겨라 **薪** 섶, 땔감들을

이브 씨로서는 할 만큼 다 했다. 이브 씨는 자기가 할 수 있는 최선을 다했고 이제 결과를, 고양이가 낫는 결과를, 기다릴 따름이었다.

진인사 대천명 盡人事 待天命

盡 다하고 나서 **人** 사람으로서 **事** 할 일을 (다하고 나서) **待** 기다린다 **天** 하늘의 **命** 뜻을, 명령을 (기다린다)

11

그러나 고양이는 여전히 녹초가 된 모양이었다. 힘없이 웅크린 모습 그대로였다.

기진맥진 氣盡脈盡

氣 기력이 **盡** 다하여 **脈** 맥을 **盡** 못 춘다

마치 시름에 잠긴 모습이었다.

우수사려 憂愁思慮

憂 근심하고 **愁** 시름하며 **思** 생각하고 (또) **慮** 생각하고

어차피 고양이라 사람의 말을 할 수는 없는 생물이었지만 너무 조용히 있는 고양이의 모습은 마치 짧게 말 한마디조차 하지 않는 사람의 모양 같았다.

일언반구 一言半句

一 한마디의 **言** 말과 **半** 반토막의 **句** 글귀

고양이의 상태가 어떤가, 먹이는 좀 먹고 있나 하고 이브 씨는 줄곧 화장실을 들락날락했는데, 동물 병원에서 받아온 여러 가지 고양이 음식들로 푸짐한 상을 차려놓았는데, 마음이 흐뭇할 정도로 매우 많고 넉넉

하게 차려진 맛좋고 귀한 음식을 앞에 두고도 고양이는 음식에 입도 대지 않았다. 고양이는 아예 먹을 생각을 하지 않았다.

진수성찬 珍羞盛饌

珍 보배로운 **羞** 음식 **盛** 풍성한 **饌** 반찬

푸짐한 상차림을 해놓았으니 고양이가 잘 먹으며 잘 나아서 활력을 되찾는 즐거운 모양새를 기대했던 이브 씨로서는 ……

함포고복 含哺鼓腹

含 머금고 (입 안에 음식을 가득 머금고) **哺** 먹으면서 **鼓** 두드린다 **腹** (배부른) 배를 (두드린다)

먹을 거를 잘 먹어야 하는데,
일단 배에 뭔가 차야 약을 먹일 수 있을 텐데,
이렇게 먹이를 안 먹으면 약은 언제 먹나,
어서 식사를 잘 해야 할 텐데

하며 고양이가 먹이를 잘 먹는 그런 모양새를 목이 빠져라 기다렸던 이브 씨로서는 …… 고양이가 음식을 그렇게 거부하는 모양새에 실망감이 여간 큰 것이 아니었다.

학수고대 鶴首苦待

鶴 학의 **首** 머리가 되어 (목을 길게 빼고) [과장법] **苦** 간절하게 **待** 기다린다

왜 안 먹지?

고양이가 왜 식사를 하지 않는지 근본적인 이유를 알 수 없었던 이브 씨는 그저 여기저기 차려둔 먹이들의 위치를 고양이에게 더 가깝게 재배치하면서 그저 고양이가 먹이에 입을 대기를 바랄 뿐이었다. 고양이가 식사를 하지 않는 시간이 길어질수록 이브 씨의 마음은 더 초조해지고 조급해져서 괜히 마음만 급급하며 허겁지겁하는 모양새였다.

하석상대 下石上臺

下 아래에 (괴어 있던) **石** 돌을 (빼서) **上** 윗돌로 괴며 (반대로 윗돌을 빼서 또 아랫돌로 괴고) **臺** 대를, 축대를 쌓는다

왜 안 먹는 거야?

이브 씨는 애가 탔다. 차린 음식을 먹지 않는 고양이에게 야속한 마음까지 들었다.

일촌간장 一寸肝腸

一 한 **寸** 토막의 **肝** 간과 **腸** 창자

지 앞가림도 못하고 살던 이브 씨가 누군가 다른 이에게 호의를 베푸는 행위를 하고 있었고, 그 자체가 이브 씨에게는 큰 모험이기도 했고, 도전이었기도 했고, 어쨌든 큰마음을 먹고 그러고 있는 거였어서 생각했던 대로 일이 풀려가지 않자 이브 씨는 속상함이 이루 말할 수 없이 컸다.

해의추식 解衣推食

解 풀어 준다, 벗어 준다 **衣** 옷을 **推** 밀어 준다 **食** 밥을

이브 씨는 스스로 은혜를 많이 베풀고 있다고 느꼈고 고양이가 마땅히 고마워해야 할 일이라고 생각했다. 그의 그러한 마음이 오히려 고양이를 못마땅하게 여겨 탓하거나 불평을 품고 미워하는 일로 번진 것이었다. 인생의 아이러니였다.

은심원생 恩甚怨生

恩 은혜를 베풂이 **甚** 심하면, 지나치면 **怨** 원망하는 마음이 **生** 생긴다

한편으론 야속해하고 다른 한편으론 계속 걱정스러워하면서 이브 씨는 고양이를 지켜보았다. 새끼 고양이의 지치고 초라한 몰골이 너무 안쓰러웠다.

상가지구 喪家之狗

喪 장례 치르는 **家** 집에서 **之** (얼쩡거리는) **狗** 개

처음에는 안이하게 생각했던 이브 씨도 고양이가 아무것도 먹지 않는 상태가 계속되자 사태가 심각하다고 인식하기 시작했다. 다음날 동물병원 의사도 고양이의 상태를 보더니

이거 이러다 죽겠는데?

라고 상황을 진단했다. 그러나 이브 씨는 그때까지만 해도 정말 그렇게 되지는 않겠지 라고 생각하며 희망의 끈을 놓지는 않았지만, 하루의 시작도, 하루의 끝도 모두 고양이에게 아주 위험한 형편임은 분명했다.

위재조석 危在朝夕

危 위태로움이 **在** 있다 **朝** 아침에도 **夕** 저녁에도

고양이 문제가 이제는 목숨을 건 사태가 되었다.

사중구생 死中求生

死 죽는 **中** 가운데 **求** 구한다 **生** 삶을 (구한다)

이렇게 안 먹다가는 굶주려 죽을지도 모를 상황이었다.

아사지경 餓死之境

餓 굶주려 **死** 죽을 (것만 같은) **之** (그런) **境** 지경

고양이의 생명이 위협받는 상황에서 활로를 개척하는 모양새였다.

사중구활 死中求活

死 죽는 **中** 가운데 **求** 구한다 **活** 삶을 (구한다)

이 병원에서 처방한 약도 그다지 효과가 있어 보이지 않아 이브 씨는 초조해졌다. 후딱후딱 약을 복용했으니 고양이가 팔팔하게 팔딱팔딱 다시 뛰어놀길 바랬으나 일이 매우 더디게 지체되는 모양이어서 이브 씨의 마음이 조급해진 것이었다.

지지부진 遲遲不進

遲 더디고 **遲** 더뎌서 **不** 아니한다 **進** 나아가지 (아니한다)

12

앞서도 이야기한 바 있지만 이브 씨는 몸놀림, 손놀림에 매우 서툰 사람이었다. 이브 씨는 젓가락질을 못하는 사람이었다. 그런 이브 씨가 주사기로 고양이에게 약이 섞인 먹이를 주는 일은 여간 어려운 일이 아니었다.

부득요령 不得要領

不 못한다 **得** 얻지 (못한다) **要** 중요한 **領** 요소를 (얻지 못한다)

그래도 처음에는 그럭저럭 주사기로 먹이를 줄 수 있었다. 먹이를 주느라 고양이를 품 안에 꼬옥 안았을 때 이브 씨는 뭐라 형언할 수 없는 감동을 느꼈다. 그 순간만큼은 새끼 고양이는 이브 씨가 애지중지하는, 세상에서 가장 소중한 존재였다.

장중보옥 掌中寶玉

掌 손바닥 **中** 가운데에 든 **寶** 보배로운 **玉** 구슬

그러나 처음 한두 번은 괜찮았는데, 시간이 지나자 고양이의 몸을 붙잡고 안아서 고양이의 입을 벌려 주사기를 그 안에 넣어 고양이가 약을 먹게끔 하는 일이 이브 씨에게는 점점 수월하지 않았다. 고양이가 입을 벌리려고 하지도 않았고, 입을 벌리더라도 약을 삼키는 것 같지도 않았고, 무엇보다 얌전하던 고양이가 약을 주려고 붙잡으면 강하게 몸부림치며 반항하며 붙잡히기를 거부했기 때문이었다.

요령부득 要領不得

要 중요한 **領** 요소를 **不** 못한다 **得** 얻지 (못한다)

고양이에게 그렇게 약을 먹이려고 먹이를 주려고 실랑이를 하는 과정에서 이브 씨의 기억에 남는 장면이 — 아주 인상적으로 기억에 남은 장면이 — 하나 있다. 또 음식을 주려고 고양이를 잡아끌려고 하자 고양이가 한 발을 이브 씨의 손등 위에 탁 내려놓았던 장면이었다. 마치 사람이 다른 사람의 팔에 손을 얹듯이 그렇게 ……. 그 순간 이브 씨는 마치 고

양이가 자기에게 이렇게 얘기하는 것처럼 느꼈다:

그러지 마.

소용없어.

다 필요없어.

이브 씨의 지레짐작일 뿐이지만 이브 씨가 느끼기에 고양이가 모든 것을 체념한 것처럼 보였다. 체념해서 그렇게 말하는 것처럼 들렸다.

췌마억측 揣摩臆測

揣 탐색하고 찾아보고 **摩** 문지르며, 미루어 생각하며 **臆** 억지로, 마음속으로 **測** 헤아린다

그렇게 고양이에게, 약을 먹여야 하는데 약을 먹이지 못하며, 약을 먹이는데 애를 먹고 있던 이브 씨의 머릿속에 떠오른 의사의 한마디:

고양이가 반항하면

힘으로 제압해서 벽에 밀어넣어 꼼짝 못하게 한 후

먹이를 주면 된다.

그때까지 의사 선생님의 말씀을 철떡철떡 믿고 있던 이브 씨였던 터라 의사 선생님 말씀대로 하기로 했다.

언청계종 言聽計從

言 (남의) 말씀을 **聽** (깊이 신뢰하며) 듣고 **計** (남이 하자는) 계획대로 **從** (그대로) 좇는다

의사 선생님이 하신 말씀 바로 그대로, 곧이곧대로, 이브 씨는 반항하며 몸부림치던 새끼 고양이를 두 손으로 꽉 움켜쥐고 힘으로 벽으로 밀어붙였다. 바로 그때였다.

교각살우 矯角殺牛

矯 바로잡으려다 **角** 뿔을 (바로잡으려다) **殺** 죽여 버린다 **牛** 소를 (죽여 버린다)

그렇게 힘으로 밀치는 행동을 하는 이브 씨의 마음 한 켠에는 고양이에 대한 원망도 담겨 있었다. 자기는 이렇게까지 널 위해 애쓰는데, 너 나으라고 이러고 있는데, 병이 나으려면 뭘 좀 먹고 약도 먹고 해야하는데 그러지 않고 있는 고양이에 대한 원망스러움. 이브 씨는 큰소리로 성질내며 꾸짖고 싶었는지도 모른다.

가만있지 말고 어서 약 좀 먹어!

라면서. 바로 그때였다.

대성질호 大聲疾呼

大 큰 **聲** 소리로 **疾** 있는 힘을 다하여 **呼** 부른다

꽤애애애액

꽤애애애애애액

고양이가 괴상하고 괴상하고 또 괴상한 괴음의 비명을 내질렀던 순간은 …… 흔한 말로 '눈 깜짝할 사이에' 일이 일어났다.

창졸지간 倉卒之間

倉 갑작스럽고 **卒** 갑작스러운 **之** 그런 **間** 사이

고양이가 괴상한 비명을 지르다 갑자기 잠잠해지자 이브 씨는 두 손으로 움켜쥐고 있던 고양이를 코앞까지 들어올렸다. 꽤애애액 소리를 내던 고양이는 더 이상 발버둥치던 고양이가 아니었다. 몸에 힘이 빠져 축 늘어져 있었다. 두 눈만 동그랗게 뜬 채로 고양이는 숨이 끊어져 있었다. 아니, 이브 씨는 처음에 무슨 영문인지 몰랐다. 그래서 한동안 고양이랑 눈을 마주치며 그대로 고양이를 들어올린 채 가만히 있었다. 고양이는 여전히 두 눈을 동그랗게 뜨고 있었지만 아무런 거동도 하지 않았다. 이윽고 이브 씨는 뭔가 잘못되었다는 사실을 깨달았고 고양이가 숨이 멎었다는 사실을 어렴풋이 인식했다.

교왕과직 矯枉過直

矯 바로잡으려다가 **枉** 굽은 것을 (바로잡으려다가) **過** 지나치게 **直** 곧게 해 버렸다 — 잘못된 게 더 잘못되어버렸다

대단히 놀란 모양으로 그대로 굳어버린 고양이의 얼굴 ……

대경실색 大驚失色

大 크게 **驚** 놀라 **失** 잃는다 **色** 얼굴빛을 (잃는다)

어렴풋이 ……. 이브 씨는 고양이의 죽음을 사실로 받아들이고 싶지 않았다. 이브 씨는 계속 두 손으로 고양이를 움켜쥐고 들고 있은 채로 고양이를 위아래로 흔들었다. 깨어나라고 …… 움직이라고 …… 아무리 그렇게 하여도 아무 미동도 하지 않는 고양이를 두 손에 꼭 붙든 채로 이브 씨는 그렇게 헛된 동작을 반복하고 또 반복했다.

요개부득 搖改不得

搖 흔들며, (아무리) 노력하며 **改** 고치려해 봐도 **不** 없다 **得** 그렇게 할 수 (없다), 고칠 수 없다

아무리 그렇게 흔들고 흔들고 흔들어도 고양이는 아무런 미동도 없는 모습이었다.

요지부동 搖之不動

搖 흔들어도 **之** 그것을 (흔들어도) **不** 아니한다 **動** 움직이지 (아니한다), 꿈쩍도 않는다

부릅뜬 고양이의 두 눈은 정신을 못 차릴 정도로 대단히 놀란 모양이었다. 아니, 말 그대로 고양이는 넋이 날아가버렸다.

어떻게 ......

혼비백산 魂飛魄散

魂 넋이 **飛** 날아가버리고 **魄** 넋이 **散** 흩어져버리고

어떻게 이런 일이 ......

말도 안 되는, 있을 수 없는 일이 일어났다.

언어도단 言語道斷

言語 언어의 **道** 길이 **斷** 끊겼다

그럴 가능성이나 개연성이 충분히 있는 그런 일이 생겼더라면 충분히 예견할 수 있는 일이니까 이상할 것이 없고 받는 충격도 덜했을 것이다. 그러나 이브 씨의 두 손에서 일어난 이 사태는 예견하려 해도 예견할 수 없는 일이었기에 이브 씨가 받은 충격은 거의 가공할 만했다.

용혹무괴 容或無怪

容 받아들일 만하다 **或** 혹시라도 (그런 일이 생긴다면) **無** 없다 **怪** 이상야릇할 것도 (없다)

이브 씨의 정신은 마치 술에 취한 듯 뒤숭숭해진 상태였다.

우심여취 憂心如醉

憂 근심하는 **心** 마음이 **如** 같구나 **醉** 취한 것과 (같구나), 정신 상태가 흐릿하구나

일이 단단히 잘못되어버렸다. 희망이 전혀 없는 상태였다.

만사휴의 萬事休矣

萬 모든 **事** 일이 **休** 결딴나버렸 **矣** 도다!

내가 널 붙든 게

너에게 해꼬지를 하려고 그랬던 거라고 생각했던 거니?

원포수호 猿泡樹號

猿 원숭이가 **泡** (입에서) 거품을 물고 **樹** 나무를 (붙들고) **號** 울부짖는다 (∵ 명궁의 화살을 벗어나지 못할 운명임을 깨닫고)

궁지에 몰린 약자가 최후의 발악을 하듯이

그야말로 막다른 골목 상황이라

그렇게 울부짖었던 거냐고?

조궁즉탁 鳥窮則啄

鳥 (약한) 새라 할지라도 **窮** 궁하면, 궁지에 물리면 **則** 곧 **啄** 부리로 쫀다, 대항한다

해가 저물기 직전에 잠깐 동안 마지막으로 발광하듯이

생기가 하나도 없던 너의 마지막 생명력을

그렇게

발산했던 거니?

회광반조 回光返照

回 돌이켜 **光** 빛을 **返** 되돌려 **照** 비춘다

뭔지 모를 공포에

겁에 질려 떨고 있던 너에게

내가 더 큰 공포심을

불러일으켰구나.

양탕지비 揚湯止沸

揚 휘날려서 **湯** (끓는 물에서 퍼낸) 끓는 물을 (휘날려서) **止** 그치게 하려 한다

沸 끓는 물을 (그치게 하려 한다)

감히 내가

나 자신의 능력 범위를 벗어난 일을 하려했기 때문에

이렇게 일을 그르친 걸까?

화호유구 畫虎類狗

畫 그리려다 **虎** 범을 (그리려다) **類** 비슷해졌다 **狗** 개와 (비슷해졌다)

난

그저

네가

병이 나아

방방 뛰며

기뻐하는

모습을

보고 싶었던

것뿐인데

……

흔희작약 欣喜雀躍

欣 기쁘다 **喜** 기쁘다 **雀** 참새가 **躍** 뛰어다니듯이

난 정말 절실하게 네 몸이 낫기를 갈구했는데 ……

운예지망 雲霓之望

雲 구름과 **霓** 무지개를 **之** (가뭄 상황에서) **望** 바라듯 (간절히 바라는 마음)

딱한 처지에 있는 너에게 내민 내 손길이

도움의 손길이 아니라

악마의 손길이 되어버렸어!

낙정하석 落穽下石

落 떨어진 (사람에게) **穽** 함정에 (떨어진 사람에게) **下** 아래로 (투척한다) **石** 돌을 (아래로 투척한다)

홍수를 막으려고 물을 뺀 게 아니라

물을 더 퍼부어 물이 더 콸콸 흐르는 꼴인가?

아니면 ……

이수구수 以水救水

以 로써 **水** 물(로써) **救** 막으려 한다 **水** 물을 (막으려 한다)

불을 막으려고 불을 끈 게 아니라
불을 지펴서 불이 더 활활 타오르는 꼴인가?

이브 씨가 사태를 바로잡기 위해 내놓은 해법은 역효과만 내며 사태를 더욱 심각하게, 돌이킬 수 없을 정도로 악화시켜버리고 말았다.

이화구화 以火救火
以 로써 **火** 불(로써) **救** 막으려 한다 **火** 불을 (막으려 한다)

더 잘하고 싶었건만 — 여기서 잘한다는 말은 고양이를 잘 치료한다는 의미다. — 더 나빠진 결과가 나와 버린 이 상황이 이브 씨에게 너무도 크나큰 충격이었다. 정말로 진심으로 열렬하게 어떤 결과를 위해 노력했지만 처참하게 원하던 목표와 어긋난 결과를 얻는 경험이었다.

욕교반졸 欲巧反拙
欲 하고자 하나 **巧** 기교를 부리(고자 하나) **反** 도리어 **拙** 졸스럽고 보잘것 없어진다

마음먹은 대로 일이 성사되지 않았는데, 그 마음이 너무도 진심이었어서 충격이 컸다.

유의막수 有意莫遂

有 있으나 **意** 뜻은, 마음은 (있으나) **莫** 없다 **遂** (마음먹은 대로) 이루어지는 일은 (없다)

내가 돈만 있었다면 ……

몇십만 원으로 더 제대로 된 진찰을 받게 했다면 ……

네가 이렇게 비참하게

누추한 화장실에서 생을 마감하진 않았을 텐데 ……

흔한 말로 무전 유죄,

즉

돈이 없었던 내가 죄인이구나.

천금지자 불사어시 千金之子 不死於市

千 1000 **金** 금을 **之** 갖고 있는 **子** 사람은 **不** 아니한다 **死** 죽지 (아니한다) **於** 에서 **市** 저잣거리, 시장(에서)

이브 씨는 주섬주섬 고양이의 주검과 기타 고양이를 위해 화장실 바닥에 차려놓았던 것들을 모두 챙겨서 밖으로 나왔다. 이미 밖은 어둠이 깔린 밤이었는데, 마침 이브 씨가 죽은 고양이를 고양이 가방에 넣고 밤에 나갔더니 마침 딱 그 시각이 늘 길고양이들에게 먹이를 주는 집사님 일행이 계시는 시각이었다. 그분들께 사정을 얘기하고 여차저차 삽을 구해서 그다지 깊지 않게 땅을 파서 고양이를 묻어 주었다. 고양이는 그렇게 고양이가 늘 놀던 초등학교 앞 길가의 수풀에 묻혔다.

입추지지 立錐之地

立 세울 **錐** 송곳을 (세울) **之** 그런 크기의 **地** 땅

겨우 조만큼 밖에 되지 않는, 몹시 좁은 땅이 고양이의 마지막 안식처였다.

치추지지 置錐之地

置 둘 **錐** 송곳을 (둘) **之** 그런 크기의 **地** 땅

고양이를 묻어주고 오는 길에, 캄캄한 밤에 이브 씨는 난생처음 멘탈의 붕괴란 것을 경험했다. 속된 말로 멘탈이 나가버렸는데, 밤거리를 갈피를 못 잡고 이리저리 헤매는 모양이었다.

우왕좌왕 右往左往

右 오른쪽으로 **往** 갔다가 **左** 왼쪽으로 **往** 갔다가

절망에 빠져 무기력한 상태였고 ……

자포자기 自暴自棄

自 스스로를 **暴** 해치면서 **自** 스스로를 **棄** 돌보지 않는다

잠이 덜 깨어 정신이 흐리멍덩한 상태 같았다.

비몽사몽 非夢似夢

非 아닌데 **夢** 꿈은 (아닌데) **似** 닮았네 **夢** 꿈과 (닮았네)

신체나 정신 상태가 아주 엉망인 꼴이다. 이브 씨는 그러한 상태로 어두운 공간 속에서 한참을 헤매었다.

만신창이 滿身瘡痍

滿 온 **身** 몸이 **瘡** 부스럼이 (난 듯) **痍** 상처투성이다

13

이브 씨는 살면서 처음으로 뇌가 빠개질 것 같은 통증을 느꼈다. 믿었던 의사의 치료가 실패로 끝나버린 탓이었다. 정신이 산란하거나 미숙한 나이 탓에 의사 결정을 제대로 하지 못하는 모양이었다.

요양미정 擾攘未定

擾 (정신이) 시끄럽고 **攘** 어지러워 **未** 못하다 **定** 평상심을 유지하지 (못하다)

의료에 대해 아무것도 모르는 이브 씨로서 믿고 의지할 데는 이른바 의료 전문가가 병을 치료하는 병원이란 곳이었다. 고양이의 사망 소식을 전했을 때 동물 병원 의사가 했던 말 중에 이브 씨로서는 아직도 납득

할 수 없는 명대사가 있었는데 그것은 바로:

우리도 몰랐잖아요!

병의 원인이 무엇인지 제대로 몰랐다는 얘기였는데,

일자무식 一字無識

一 한 **字** 글자도 **無** 없다 **識** 아는 글자가 (없다)

말은 말인데, 말이 말이 아닌 말이었다. 말로 표현을 하기는 했는데 전혀 논리적으로 타당성이 없고 불합리하여 말로 인정할 가치도 없는 말이었다.

이봐, 의사 양반,
이게 의사라는 자가 할 소리야?
나야 당연히 아무것도 몰랐지. 내가 질병에 대해 뭘 알겠어.
그렇지만 당신까지 나도 몰랐네 소릴 하면 안 되지.
난 당신은 뭘 좀 아는 사람인 줄 알았다고.
이건 도대체 누구의 잘못인 거지?
우리 둘 다 몰랐으니까 우리 둘 다의 책임인 건가?

어불성설 語不成說

語 말씀이 **不** 아니한다 **成** 이루지 (아니한다) **說** 말씀을 (이루지 아니한다)

더 열받는 게 뭔 줄 알아?

의사 양반,

당신의 말투야.

마음에 근심이 하나도 없는 그 말투.

지금 하나의 생명이 사라졌는데도

여유롭고 평화롭게 말하는

그 말투.

천하태평 天下泰平

天 하늘 **下** 아래 **泰** 너그럽고 **平** 가지런하다

이브 씨는 의사의 느긋하고 무사태평한 모양이 몹시 눈에 거슬렸다. 물론 이브 씨는 의사의 입장에서 이해해보려고 노력도 했다. 생명체를 치료하는 직업이라 치료에 늘 성공할 수는 없을 터이므로 어느 정도 생과 사에 무덤덤할 필요가 있는 직업이 아닐까 라고 의사를 이해하려고 생각해 보았다. 그렇지만 그럼에도 불구하고 그 의사의 태평한 말투는 왠지 너무 경박해 보여서 이브 씨의 심기에 심하게 거슬렸다.

유유완완 悠悠緩緩

悠 느긋하고 **悠** 한가하게 **緩** 느리고 **緩** 느슨하게

다른 사람을 탓할 수 없는 건 맞는데 ......

자기 탓이 큰 건 맞는데 ......

그럼에도 이브 씨로서는 따질 수밖에 없었다.

수원수구 誰怨誰咎

誰 누구를 **怨** 원망하겠는가 **誰** 누구를 **咎** 탓하겠는가

의사 양반,

부수적인 이야기들은 다 빼고

몸통만, 몸체에 해당하는 중요한 이야기,

즉 본론만 이야기해 봅시다.

거두절미 去頭截尾

去 버리고 **頭** 머리를 (버리고) **截** 끊는다 **尾** 꼬리를 (끊는다)

난 정말 당신이 이 고양이를 잘 치료해줄 줄 알았어. 너무 굳게 믿었어.

그런데 이건 내가 예상한 바랑 너무 다른데?

물론 내 탓이 크지.

약을 주려고 벽으로 밀쳤는데 고양이가 놀라서 비명횡사할 줄은,

미처 거기까지는 생각을 못한 거야 누구라도 인정하지.

누가 거기까지 생각할 수 있었겠어? 그건 나도 인정하지.

그러나 당신이 처방한 약을 먹었어도 고양이는 조금도 나아지는

기미를 보이지 않았어.

의사 양반,

사실대로 말해 봐.

부득이한 조치였나?

도대체 제대로 생각하고

처방한 거였냐고?

의사부도처 意思不到處

意 뜻한 바가 **思** 생각한 바가 **不** 못한 **到** (미처) 이르지 (못한) **處** 곳

의사라면 당연히 병을 치료해줄 거라고

굳게 믿고 있던 내가

당신을 실제의 가치보다 더 높은 가치를 부여하며

평가했던 것이란 말인가?

과대평가 過大評價

過 지나치게 **大** (있는 그대로의 현실보다) 크게 부풀려 **評** 매긴다 **價** 값을 (매긴다)

내가 널 치료해 줄게

라고 고양이에게 수없이 얘기했건만 ……

이 모든 얘기들이

근거도 없이 실제보다 부풀려 했던 생각이었단 말인가?

과대망상 誇大妄想

誇 (스스로를) 자랑하고 자만하는 **大** 크게 부풀려 **妄** 이치에 맞지 않고 허황된 **想** 생각

그냥 다 내 탓이다 하고 말면 그뿐일 수도 있었겠지만, 그냥 자신의 귀책사유로만 돌리기에는 이브 씨는 너무도 억울했다. 의사가 너무 못마땅했다.

유아지탄 由我之歎

由 말미암아 **我** 나로 (말미암아) **之** (남에게 해를 끼친 것을) **歎** 탄식한다

그래서 이브 씨는 그 동물 병원 의사에게 전화를 걸어 처방에 문제가 없었는지 따지는 질문을 위와 같이 던졌던 것이었다. 숨을 쉴 수 없을 정도로 목마른 심정으로 ……. 그렇다고 갈증이 뻥 뚫릴 우물물이 샘솟는 것도 물론 아니었지만 …….

임갈굴정 臨渴掘井

臨 임박하여 **渴** 목마름에 (임박하여) **掘** 판다 **井** 우물을 (판다)

어리석게 이렇게 뒤늦게 항의를 해봤자 예상했던 대로 결과는 전화를 받은 의사의 성질만 돋운 꼴이었다.

난 할 거 다 했는데 왜 이래?

그렇게 얘기하면 내가 섭하지!

라는 의사의 반응 …… 역겨웠다.

노발대발 怒發大發

怒 화를 **發** 낸다 **大** 크게 **發** 낸다

화는 내가 내야 맞는데 ……

노발충관 怒髮衝冠

怒 (몹시) 성내면서 **髮** 머리카락이 **衝** (곤두서서) 찌르며 올린다 **冠** (머리에 쓴) 갓을 (찌르며 올린다)

혼나야 하는 사람이 오히려 혼내고 있는 꼴 아닌가?

잘못을 저질러 놓고 죄를 사과하기는커녕

큰소리치며 역정을 내는 꼴 아닌가?

적반하장 賊反荷杖

賊 도둑이 **反** 도리어 **荷** (집어 들고) 꾸짖는다 **杖** 몽둥이를 (집어 들고 꾸짖는다)

이브 씨는 화를 내거나 꾸중을 해야 할 사람은 자신인데 오히려 의사가 화를 내고 꾸중을 내고 있다는 인상을 받았다.

아가사창 我歌査唱

我 내가 (부를) **歌** 노래를 **査** 사돈이 **唱** 부른다

어쩌면 이브 씨의 그 한 문장의 의문문이, 몇 마디 되지 않는 그 짧은 말이 사태의 본질을 꿰뚫어 그 의사 본인의 마음에 선명하게 박혔을지도 모른다.

촌철살인 寸鐵殺人

寸 한 마디, 한 치(밖에 안 되는) **鐵** 쇠로, 쇠를 가지고 **殺** 죽인다 **人** 사람을 (죽인다)

머리부터 발끝까지, 즉 처음부터 끝까지 무엇 하나 놓치지 않고 철저히 치료하지 못했던 본인의 귀책사유를 꼬집었는지도 모른다.

철두철미 徹頭徹尾

徹 통한다 **頭** 머리부터 **徹** 통한다 **尾** 꼬리까지

사실 이브 씨도 의사에게 대놓고 그런 질문을 하기란 쉽지 않았다. 말을 할 듯 말 듯하며 질문하기 어려워하자 의사가 답답해서 어서 질문해 보라고 재촉해서 겨우겨우 나온 의문문이었다. 결과는 앞에서 언급했듯

이 의사가 역정을 낸 꼴로 끝났지만, 확실했던 건 이 말을 마음속에만 담아두지 않고 탁 털어놓으니 이브 씨의 마음이 한결 가벼워졌다는 사실이다.

욕토미토 欲吐未吐

欲 하려 하면서도 **吐** 말을 뱉어내(려 하면서도) **未** 아직 아니한다 **吐** (아직) 말을 뱉어내지 (아니한다)

(잘은 모르지만) 이브 씨는 고양이의 병이 정말 치료가 불가능한 불치병이란 생각은 전혀 안 들었기 때문이다. (근거는 없지만) 제대로 치료만 받았다면, 제대로 된 약을 먹었다면 충분히 나을 수 있었을 거란 확신이 있었기 때문이다.

병입고황 病入膏肓

病 병이 **入** 들어갔다 **膏** (치료가 불가능한) 염통(심장) 밑에 있는 지방과 **肓** (치료가 불가능한) 명치 끝에 있는 막 (사이까지)

이브 씨는 의사가 고양이의 병의 원인을 명확히 진단해서 정확한 약을 처방하지 못했다는 사실을 용납할 수 없었다. 흐리멍텅하게 이건지 저건지 모르면서 대충 진찰하고 대충 처방한 것으로밖에 보이지 않았다.

애매모호 曖昧模糊

曖 (이건지 저건지) 희미하고 **昧** (이건지 저건지) 어둡고 **模** (뚜렷하지 않아) 흐리터분하고 **糊** (뚜렷하지 않아) 어렴풋하다

이브 씨는 뼛속까지 사무칠 정도로 의사가 원망스러웠다.

원입골수 怨入骨髓

怨 원망스럽고 한스러운 마음이 **入** 들어온다 **骨** 뼈에 (들어온다) **髓** 뼛골에 (들어온다)

뼛속까지, 뇌 속까지 깊이 스며든 응어리진 마음이었다.

원철골수 怨徹骨髓

怨 원망스럽고 한스러운 마음이 **徹** 관통한다 **骨** 뼈를 (관통한다) **髓** 뼛골을 (관통한다)

이브 씨는 마음 같아서는 분기탱천하여 크게 더 호통치고도 싶었지만,

음아질타 喑啞叱咤

喑 큰소리로 부르짖는다 **啞** 목이 쉴 정도로 **叱** 꾸짖고 **咤** 나무란다

아무리 못마땅하고 섭섭한 감정을 표현해 봤자 달라지는 일은 없었다.

유감천만 遺憾千萬

遺 남기네 **憾** 섭섭한 마음을 (남기네) **千** 천 번 (섭섭해) **萬** 만 번 (섭섭해)

이브 씨는 평생 동안 의사라는 존재에 대해 멀리서 바라보며 속마음으로 공경해 왔는데, 그 공경심이 박살이 나는 것을 느꼈다.

경이원지 敬而遠之

敬 (누군가를, 무언가를) 받아들여 지지하고 소중히 여긴다 **而** 그러나 **遠** 멀리한다 **之** 그 누군가를, 그 무언가를

세상이 변했다. 이전 모습을 조금도 알아볼 수 없을 정도로 심하게 변화된 양상이었다.

창상지변 滄桑之變

滄 큰 바다가 **桑** 뽕나무밭으로 **之** 바뀐 **變** (어마어마한) 변화

물론 세상은 그대로였다. 이브 씨의 생각이 180° 바뀌었기 때문에 세상이 달라진 것이었다. 병원들은 더 이상 신뢰의 대상이 아니었다. 병을 치료한다는 명목으로 세워진 건물들이 실상 병을 제대로 치료하고 있긴 한 건지 모를 불신과 의심의 대상이 되어버렸다.

심기일전 心機一轉

心 마음의 **機** 틀이 **一** 단번에 **轉** 바뀐다

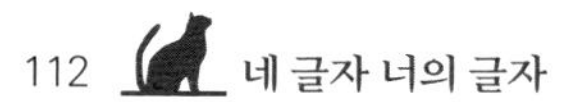

병원이란 이름 …… 그 이름은 보기에 꽤 번듯하고 훌륭했지만 실태는 그 이름에 걸맞지 않았다. 병원이 병을 고쳐주는 곳이 아니었다.

유명무실 有名無實

有 있으나 **名** 이름은, 명성은 (있으나) **無** 없구나 **實** (그 명성에 걸맞는) 알찬 내실은 (없구나)

이브 씨가 의사란 존재에 대해 아주 비판적이고 부정적인 관점으로 바라보게 되었지만, 사실 그 의사는 이브 씨에게 아주 친절한 분이었다. 고양이가 죽었다는 소식을 전하는 이브 씨가 멘탈이 나간 게 뻔히 보이자 의사 선생님은 이브 씨를 배려해서, 이브 씨가 너무 힘들어하는 게 눈에 보이니까 이브 씨의 마음을 달래줄 의도로, 원래 길고양이들은 수명이 그렇게 길지 않다고까지 말씀해주셨다. 그러나 그런 배려의 말들도 이브 씨의 귀에는 또 다른 분노의 씨앗이 될 뿐이었다.

들고양이들 수명은 그렇게 길지 않다고 말씀하셨죠.
절 위로하기 위해 해주신 말씀이라 감사하긴 감사한데
그렇다고 제가 하찮은 일에 저 혼자 매우 분노하는 모양이란 말씀입니까?

견문발검 見蚊拔劍

見 보고 **蚊** 모기를 (보고) **拔** 뽑는다 **劍** 칼을 (뽑는다)

14

이 눈물이 멈추려면 잔인해지는 것도 좋겠어.

얼굴에 철판을 깔아야겠어.

뻔뻔스럽게

……

부끄러움을 모르게

……

면장우피 面張牛皮

面 낯에 **張** 베푼다, 두른다 **牛** 소 **皮** 가죽을 (두른다)

그래, 아주 잔인한 냉정한 냉혈한이 되자.

그래, 그 빌어먹을 새끼 고양이에게 욕을 해주자.

……

재수가 없으려니까!

재수가 없으려니까 별 새끼 고양이가 내 인생에 끼어들어

사람 기분을 이렇게 더럽게 만들어.

……

이브 씨는 그렇게 아니꼬운 듯이 혼잣말을 했다. 그렇게 태연하고 냉정하고 싶었다. 그의 작디작은 마음이 감당하기에는 너무 큰 사고를 당했음에도 불구하고 침착한 태도를 잃고 싶지 않는 모습이었다.

신색자약 神色自若

神 영혼의 **色** 빛깔이 **自** 스스로의 원래 색깔과 **若** 같다, 그대로다

괜히 죽은 고양이를 눈엣가시인 것처럼, 몹시 밉고 눈에 거슬리는 것처럼 박대했다.

안중지정 眼中之釘

眼 눈 **中** 가운데 **之** (박힌) **釘** 못

이 빌어먹을 고양이야,

어차피 넌

그렇게밖에 달리 어찌할 수 없는 운명이었어.

팔자소관 八字所關

八字 팔자가, 타고난 운명이 **所** 바이다 **關** 관여하는 (바이다)

이브 씨는 그렇게 자기 스스로 자기 마음을 비뚤어지게 했다.

자곡지심 自曲之心

自 스스로 **曲** 구부러진 **之** 그런 **心** 마음

이브 씨의 분노는 또 다른 곳으로, 아니 또 다른 생명체에게 향했다. 바로 이 검은 새끼 고양이의 애비 되는 수컷 어른 고양이였다. 이 고양이

가 애비일 수밖에 없는 게 새끼 고양이랑 너무 똑같이 생겼기 때문이다. 검은 털에 녹색 눈까지 판박이였다. 다만 다른 점은, 지 새끼는 못 먹고 병들어 살이 없는, 홀쭉한 몸매였는데, 이 어른 고양이는 뒤룩뒤룩 살찐 몸매였다는 점이다. 새끼 고양이가 옆에서 앓아 누워 있는데, 병들다 비참하게 생을 마감했는데, 아무 상관도 없다는 듯이 암컷 고양이랑 유유자적하게 노니며 교미하고 있는 이 검은 고양이가 이브 씨에게는 너무도 혐오스러웠다.

수수방관 袖手傍觀

袖 소매에 넣고 **手** 두 손을 (소매에 넣고), 팔짱을 낀 채 **傍** 곁에서 **觀** 보기만 한다, 끼어들지 않는다

남 일에 별로 간섭하거나 신경쓰고 싶진 않지만
너 말야, 너 말이야.
난 네가 싫다.
뒤룩뒤룩 살찐 검은 고양이 너 말이야.
네 녹색 눈이 자꾸 네 새끼를 생각나게 하잖아.
지 새끼는 뒤졌는데
애비란 새끼가
자식에겐 눈곱만치 관심도 없이 암컷이랑 노느라 바빴던 자식.

……

오불관언 吾不關焉

吾 나는 **不** 아니한다 **關** 상관하지 (아니한다) **焉** 상관하지 아니하겠도다!

소도 어버이가 자식인 송아지를 핥아준다던데

넌 뭐냐?

지독지애 舐犢之愛

舐 핥아주는 **犢** 송아지를 (핥아주는) **之** 그런 **愛** 사랑

부모가 된 다른 동물들도

극진하게 자식을 사랑하는 모습을 보여주는데

넌 뭐냐고?

지독지정 舐犢之情

舐 핥아주는 **犢** 송아지를 (핥아주는) **之** 그런 **情** 애정

비애와 분노로 격하게 차오르는 감정이었다.

비분강개 悲憤慷慨

悲 슬프고 **憤** 분하고 **慷** 의기가 북받치고 **慨** 격노하고

이브 씨는 그 애비인 검은 고양이가 몹시 밉고 거슬렸다, 속이 뒤집힐 정도로.

비위난정 脾胃難定

脾 지라와 **胃** 위장이 (뒤집혀) **難** 어렵다 **定** 바로잡기 (어렵다)

이미 엎질러진 물 ……

복배지수 覆杯之水

覆 엎질러 **杯** 잔을 (엎질러) **之** (떨어뜨린) **水** 물

이미 저지른 잘못이라 되돌려 무효로 할 수 없는 상황에서 그렇게 이브 씨는 엉뚱한 대상에게 분노의 화살을 돌리고 있었다.

복수불반분 覆水不返盆

覆 엎지른 **水** 물은 **不** 못한다 **返** 돌이켜 **盆** 물동이에 (돌이켜 담지 못한다)

15

이브 씨는 자신의 꾸밈 없고 아주 참된 마음을 돌아보았다.

나이브(=naive)였다.

나는 너무 순진했다.

순진무구 純眞無垢

純 순수하고 **眞** 참되고 **無** 않았다 **垢** 때묻지 (않았다)

나이브(=naive) …… 이 에세이 전체의 뜻을 아우르는, 짧고 간결한 한마디 말이었다. 경험이 없어 미숙하고 세상을 모르고 천진난만했다.

일언이폐지 一言以蔽之

一 한마디 **言** 말씀 **以** 으로써 **蔽** 덮는다 **之** 그것을, 전체를 (덮는다)

가식적이지 않고 순수하고 진실된 모습은 이브 씨의 가장 빛나는 인간성이었지만, 이 고양이 사건에서는 그 장점이 곧 단점이 되었고, 치명적인 독이 되었다.

천진난만 天眞爛漫

天 자연 그대로의 꾸밈없는 **眞** 참된 모습이 **爛** 어지러이 **漫** 흩어지듯 가득 넘친다

16

다시 추운 계절이 되었고, 고양이가 그렇게 저세상으로 떠난 지 벌써 1년이 다 되어갔다. 이브 씨의 마음에서 고양이에 대한 감정은 많이 무뎌진 상태였지만 그 무뎌짐은 언제든 다시 날카로워질 수 있는 무뎌짐이었다.

거자일소 去者日疎

去 가신 **者** 분은 **日** 나날이 **疎** (마음에서) 멀어진다

그러한 비극이 있었어도, 고양이가 길가에 묻혔어도, 세상은 그대로였다. 보통과 다름없는 모양이었다.

심상일양 尋常一樣

尋 보통 **常** 늘 그랬듯이 **一** 한가지로 **樣** (별다르지 않은) 모양

이브 씨는 그 동물 병원을 지날 때 그 의사를 꾸중하며 욕설을 내뱉을 수는 차마 없으니까 동물 병원 입구 문에다 침을 뱉어 보기도 했다. 그렇지만, 다 쓸데없는 짓이었다. 이브 씨에게 그 동물 병원은 너무도 끔찍한 기억의 — 머리가 빠개지는 격통을 그 동물 병원 의사랑 나누다 겪었기 때문이다. — 장소라 ……

도문질욕 到門叱辱

到 이르러 **門** (타인의 집) 문 앞에 (이르러) **叱** 엄하게 꾸중하며 **辱** 욕설을 내뱉는다

가급적 그 장소를 피해 빙 돌아다니는 길로 다니고 있었다. 관심이 생기지 않도록, 눈의 시야 범위에 그 동물 병원이 들어오지 않도록.

도외시 度外視

度 (시선을 두고 관심을 가질 영역의) 한도 **外** 바깥에 있다고 **視** 보고 (상관하지 않는다)

이브 씨와 새끼 검은 고양이와의 만남이 그렇게 오래였던 건 아니지만, 아주 잠깐 만났다가 헤어진 경우지만 ……

뇌봉전별 雷逢電別

雷 우레 소리가 들리는 찰나에 **逢** 만나서는 **電** 번개 불빛이 번쩍이는 사이에 **別** 헤어진다

그러나 끝난 게 끝난 게 아니었다. 헤어짐이 영원한 헤어짐은 아니었다. 고양이는 간헐적으로 끊임없이 이브 씨의 마음에 되살아나곤 했다.

거자필반 去者必返

去 헤어진 **者** 사람은 **必** 반드시, 틀림없이 **返** 돌아온다

고양이를 생각할 때마다 나오는 건 탄식뿐이었지만

장우단탄 長吁短歎

長 긴 **吁** 탄식 **短** 짧은 **歎** 탄식

사태의 원인 제공자가 사태를 해결할 책임을 맡아야 하겠지만

나로서 꼬였던 매듭을 풀 그 어떤 것도 없다.

그저 어떻게 일이 꼬였는지 풀어서

이렇게 이야기할 도리밖에 없다.

결자해지 結者解之

結 (끈을) 얽어서 매듭지게 한 **者** 사람이 **解** 푼다 **之** 그것을 (푼다)

입을 꾹 다물고 아무런 말도 하지 않는다면

내 속이 터져버릴 것만 같다.

함구무언 緘口無言

緘 봉한다, 꿰맨다, 묶는다 **口** 입을 **無** 없다 **言** 말씀이 (없다)

사실 입을 다물어도 문제고, 입을 열어도 문제긴 했다. 그 새끼 고양이 생각만 하면 이브 씨는 마음이 찢어지는 듯했기 때문에 이렇게 글로써 본격적으로 그 일을 떠올리는 것은 상상 이상으로 몸과 마음을 초췌하게 했다.

단장 斷腸

斷 끊는 듯이 아프다 **腸** 창자를 (끊는 듯이 아프다)

더운 여름에 그 진가를 발휘하는 물건이라서, 추운 계절에는 더이상 제 기능을 수행할 수 없는 물건처럼, 지금 이브 씨 두 손에는 0.5, 1, 1.5, 2, 2.5, 3ml/cc라고 쓰인 작은 주사기 두 개만 덩그러니 남아 있었다.

추풍선 秋風扇

秋 가을을 맞아 **風** 바람(을 일으킬) **扇** (쓸모가 없어진) 부채

더 이상 약을 줄, 먹이 줄 고양이가 없는데, 한마디로 쓸데없는 물건들일 뿐인데 이브 씨는 차마 이 주사기들을 버릴 수가 없었다.

동선하로 冬扇夏爐

冬 (추운) 겨울철에 **扇** (시원한 바람을 내는) 부채 **夏** (더운) 여름철에 **爐** (뜨거운 열기를 내는) 화로

잊을 생각도 없긴 하지만 잊으려 노력해도 잊지는 못할 모습이었다. 그럴 수밖에 없는 게 이브 씨가 매일 드나드는 좁디좁은 화장실이 새끼 고양이가 참혹하게 운명을 달리한 비극의 장소였기 때문이다.

게다가 이브 씨는 손톱 발톱을 깎을 때 손톱 발톱이 튈까 봐 방에서 안 깎고 화장실에서 쪼그리고 앉아 손톱 발톱을 깎는데, 젓가락질도 잘 못

하는 이브 씨가 손톱 발톱을 잘 깎을 수 있을 리 만무하다. 늘 오랜 시간 낑낑대며 손톱 발톱을 깎을 때마다 이브 씨는 자신의 서툰 손질을 자각하며 저절로 자신의 서툰 손길로 말미암아 일어났던 비극을 상기하게 된다.

욕망이난망 欲忘而難忘

欲 하고자 한다 **忘** 잊(고자 한다) **而** 그러나 **難** 어렵다 **忘** 잊기 (어렵다)

치료의 공간이 될 줄 알았는데 뜻밖에도 참극의 공간이 되어버린 화장실 …….

평지낙상 平地落傷

平 평평한 **地** 땅에서 **落** 넘어져 **傷** 다친다

뭐가 제일 슬펐는 줄 알아?

눈동자야.

너의 녹색 눈동자.

큼지막하게 뜬 채 그대로 얼어붙은

너의 녹색 눈동자.

아파서 요 며칠 늘 게슴츠레 실눈을 떴던 너였기에

너의 눈이 그렇게 큰 줄은 처음 알았어.

그렇게 크고 맑고 ……

너무 예쁜 눈이었어서 ……

아, 넌 참 눈이 예쁜 아이였었구나
뒤늦게 깨달았었어.
그리고 그 눈을 생각하면
지금도 내 눈에 눈물이 나.
이뻐서,
너무도 이쁜
눈이었어서.

화룡점정 畫龍點睛

畫 그림을 그린다 **龍** 용을 (그린다) **點** 점을 찍는다 **睛** 눈동자를 (점을 찍어 완성한다)

너의 비극적 눈동자가
내게 심미적 즐거움을 주는
역설적 진리.

낙생어우 樂生於憂

樂 즐거움은 **生** 나온다 **於** 으로부터 **憂** 근심(으로부터 나온다)

아직 어렸던 새끼 고양이야,
원통하지?
너를 공포에 질려 죽게 한
살생자가 여기 있어.

철천지원 徹天之冤

徹 꿰뚫는 **天** 하늘을 (꿰뚫는) **之** 그런 **冤** 원한, 원통함

원통한 심정은 네가 느껴야 하는데
왜 내가 이렇게 원통하지?
원통한 감정의 무게감이 중력을 거스르며
네가 있는 하늘에서 내 마음까지 관통하는 듯해
마음의 상처가 한층 더 증폭돼.

철천지한 徹天之恨

徹 꿰뚫는 **天** 하늘을 (꿰뚫는) **之** 그런 **恨** 한, 원통함

차라리 네가
사무치는 원망과 응어리진 한을 담아
나에게 내 살을 뜯어먹고 싶다며 울부짖었다면
내 마음이 그나마 나아졌을지도 몰라.

욕식기육 欲食其肉

欲 하고 싶다 **食** 먹(고 싶다) **其** 그 인간을 **肉** 고기로 (씹어 먹고 싶다)

더는 같은 하늘 아래 함께 있지 못하는 너

불공대천 不共戴天

不 아니한다 **共** 함께 **戴** 머리 위에 올려놓지 (아니한다) **天** (함께) 하늘을 (머리 위에 올려놓지 아니한다)

내가 널 하늘 위로 보내버렸기 때문에

불구대천 不俱戴天

不 아니한다 **俱** 함께 **戴** 머리 위에 올려놓지 (아니한다) **天** (함께) 하늘을 (머리 위에 올려놓지 아니한다)

널 살리려고 애를 많이 썼는데

모조리 수포로 돌아가고

말짱 도루묵이 된 상황

전공가석 前功可惜

前 앞에서 그동안 세운 **功** 공이 **可** 가히 **惜** 아깝도다

내 두 손아귀 안에서 벌어진 살상이라

입이 열 개라도 뭐라 할 말이 없는 상황이긴 한데

아무런 말도 없이

내 마음에만 담아두고 있기에는

내 마음이 너무 힘드네.

유구무언 有口無言

有 있으나 **口** 입은 (있으나) **無** 없구나 **言** 말은 (없구나)

나의 실수를 이렇게라도 고백을 해야
숨을 제대로 쉴 수 있을 것 같아.

여어실수 如魚失水

如 같다 **魚** 물고기가 **失** 잃은 것 (같다) **水** 물을 (잃은 것 같다)

꼬여 있는 마음을
어떻게든 풀어서 정리하고 싶은 마음에
이렇게 글을 쓰고 있긴 하지만
복잡하게 꼬여 있던 난제들이
단칼에 시원하게 해결되진 않아.
(그럴 거라 기대도 하지 않아.)

쾌도난마 快刀亂麻

快 시원하게, 명쾌하게 **刀** 칼로 자른다 **亂** 어지러이 헝클어진 **麻** 삼 가닥들을

만남 뒤에는 예정된 이별이 있다지만
난 아직도 ......
언제까지도 ......
그 어떤 정리도 할 수가 없어.

회자정리 會者定離

會 모인 **者** 사람들은 **定** 정해져 있다 **離** 떠날 일이 (정해져 있다)

떼려야 뗄 수 없는 관계인 그림자처럼

내 마음에서 널 떼어 내는 일은

이제 있을 수 없어.

일중도영 日中逃影

日 낮 **中** 한가운데에서 **逃** 벗어나려 한다 **影** 그림자로부터 (벗어나려 한다)

지나간 일은 지나간 일일 뿐이므로, 지나간 일을 탓하지 않을 수도 있겠지만, 이브 씨에게 이 비극은 정말 비난받아 마땅한 일이라서 남은 평생 스스로를 탓해야 할 일이었다.

기왕불구 旣往不咎

旣 이미 **往** 지나간 (과거의) 일을 **不** 아니한다 **咎** 허물을 꾸짖지 (아니한다)

행운이든 악운이든 모두 천명일 수도 있겠지만 ……

운부천부 運否天賦

運 (좋은) 운이든 **否** 나쁜 운이든 (모두) **天** 하늘이 **賦** 부여한다 (하늘의 뜻이다)

세상 돌아가는 이치가 개인의 의지로 어찌할 수 없는 일일 수도 있겠지만

……

운수소관 運數所關

運 운명과 **數** 운수가 **所** 바이므로 **關** 관계하는 (바이므로) 사람의 노력으로는 어떻게 할 방법이 없다

기억할게.

좁은 생존 공간에서

마지막 생명을 붙들고 있던

너의 모습을

……

소수지어 小水之魚

小 조그마한, 얼마 남지 않은 **水** 물속에 **之** (있는) **魚** 물고기

약속할게,

다음에는 힘든 처지에 있는 생명에게 꼭 필요한 도움을 주겠다고.

악마의 손길이 아니라 천사의 손길을 내밀겠다고

약속할게.

설중송탄 雪中送炭

雪 눈 내린 **中** 가운데 (벌벌 떨고 있을까 봐) **送** 보낸다 **炭** (불 땔) 숯을 (보낸다)

17

시작이 있었으니 당연히 아름다운 끝맺음도 있을 줄 알았지만 ......

유시유종 有始有終

有 있고 **始** 시작이 (있고) **有** 있다 **終** (잘 마치는) 끝이 (있다)

시작은 있었으나 잘 마무리하는 끝맺음은 없었던 이야기 ......

유시무종 有始無終

有 있고 **始** 시작이 (있고) **無** 없다 **終** (잘 마치는) 끝이 (없다)

너에게 은혜로운 존재가 되고 싶었으나

그 행위의 귀결이

원한 관계가 되어 버렸던 이야기 ......

(넌 미처 원한을 품을 겨를도 없이 가버리긴 했지만)

은반위구 恩反爲仇

恩 은혜를 베풀었으나 **反** 도리어 **爲** 된다 **仇** 원수가 (된다)

때늦은 후회와 한탄의 목소리 ……

만시지탄 晩時之歎

晩 늦은 **時** 때(늦은) **之** (후회의) **歎** 탄식

돌이킬 수 없을 정도로

꿈이 박살이 난 이야기 ……

증이파의 甑已破矣

甑 시루가 **已** 이미 **破** 깨져 **矣** 버렸도다!

위험을 막기 위해 조치를 취했으나,

위험을 막기는커녕 더 큰 위험을 초래한 이야기 ……

포신구화 抱薪救火

抱 안은 채로 **薪** 섶을, 땔감을 (안은 채로) **救** 막으려 한다, 끄려 한다 **火** 불을 (끄려 한다)

생명이 열리는 씨앗을 뿌리려 했으나

종과득과 種瓜得瓜

種 씨를 심는다면 **瓜** 오이(씨를 심는다면) **得** 얻는다 **瓜** 오이를 열매로 (얻는다)

생명을 앗아가는 열매를 맺은 이야기

……

종두득두 種豆得豆

種 씨를 심는다면 **豆** 콩(씨를 심는다면) **得** 얻는다 **豆** 콩을 열매로 (얻는다)

……

이제 제법 무뎌졌다고 생각했었는데 오산이었다.

이 에세이를 쓰면서 너무 많은 눈물이 나왔다.

그 검은 새끼 고양이는

내 마음의 눈에 항상 보이는 존재였다는 사실을

새삼스럽게 깨달았다.

난 늘 그 고양이를 마음속에 품고 살았다.

안중지인 眼中之人

眼 눈 **中** 가운데 **之** (든) **人** 사람

마음이 무뎌진 만큼은 슬픔을 못 느끼겠는데,

마음이 무뎌지지 않은 만큼은 슬픔이 계속 되살아나네.

그렇게 역설적이고 모순된 감정이야, 난 지금.

애이불비 哀而不悲

哀 슬프다 **而** 그렇지만 **不** 아니한다 **悲** 슬퍼하지 (아니한다)

어쩌면 나 스스로도 알고 있었는지도 몰라.

다시 너를 생각하면 눈물이 멈추지 않을 거라는 걸.

늘 슬퍼지려 하던 걸 막고 막고 또 막았었는데,

울려는 아이 뺨을 쳐서 아예 울려 버리듯

그렇게 참았던 눈물을 쏟고 싶었는지도 몰라.

쏟아낼 건 다 쏟아내야

그다음에 무언가를 담을 수 있겠단 생각이었는지도 몰라.

욕곡봉타 欲哭逢打

欲 하려 하는 **哭** (막) 울(려 하는 사람을) **逢** 만나서 **打** 때려서 (울게 만든다)

넌 너의 마지막 모습 그대로 내 안에 살아있어.

영원히 그대로인 그 모습 그대로.

영구불변 永久不變

永 영원히 **久** 오래오래 **不** 아니한다 **變** 달라지지 (아니한다)

이제 넌 내게서 떼려야 뗄 수 없는 존재야.

달갑다고 하면 거짓말이겠지.

나에게 늘 붙어 다닐

이 집착이 집착으로만 끝나지 않도록 할게.

다시 한번 약속할게.

외영오적 畏影惡迹

畏 두려워하고 **影** (자신의) 그림자를 (두려워하고) **惡** 미워한다 **迹** (자신의) 발자취를 (미워한다)

이브 씨는 다짐한다, 과거의 실수나 실패에 연연하며 얽매인 채 얽매이지 않고 당당히 앞으로 나아가겠다고.

타증불고 墮甑不顧

墮 떨어뜨린 후 **甑** 시루를 (떨어뜨린 후) **不** 아니한다 **顧** 되돌아보지 (아니한다)

부평초처럼 떠돌아다니다가 우연히 만났던 새끼 검은 고양이의 기억이 영원히 기억 속에서 떠돌아다니도록 하면서.

평수상봉 萍水相逢

萍 부평초와 **水** 물이 **相** 서로 **逢** 만난다

18

스산한 겨울, 이브 씨는 길을 걸었다. 길가에 고양이 한 마리가 죽어서 누워 있었다. 한 생명체의 숨이 사라졌음에도 누구도 눈길조차 주지 않는, 있어도 없는 듯한 이 풍경, 이 자취. 잘 보이지도 않는 미세한 흔적. 이브 씨는 무덤덤하게 그 고양이 사체 곁으로 가서 옆에 떨어진 낙엽들을 주워 고양이 몸을 덮어주었다. 그리고는 가던 길을 마저 걸어갔다. 무덤덤하게, 그렇게…….

설니홍조 雪泥鴻爪

雪 눈이 (녹아) **泥** 질척질척한 진흙탕에 (남은) **鴻** 기러기 **爪** 발톱 자국

INDEX

ㅁ

ㅂ

ㅅ

ㅇ

네 글자 너의 글자
안녕, 검은 고양이

1판 1쇄 발행 2024년 05월 01일
지은이 불량교생 不良敎生

편집 양보람 **마케팅·지원** 김혜지
펴낸곳 (주)하움출판사 **펴낸이** 문현광

이메일 haum1000@naver.com **홈페이지** haum.kr
블로그 blog.naver.com/haum1000 **인스타** @haum1007

ISBN 979-11-6440-575-6(03810)

좋은 책을 만들겠습니다.
하움출판사는 독자 여러분의 의견에 항상 귀 기울이고 있습니다.
파본은 구입처에서 교환해 드립니다.